담소

담談소笑

정진국 시집

목차

나무

백색의 파리
밤새 희락의 날갯짓
문을 열었더니
차가운 눈길에
얼어붙은 온기
비명의 구급차 소리
두께 없는 미련과
닳아진 추억
아주 흐릿하게
검은 눈을 감기도록
가로를 타고
이파리 하나 없이 줄기만 남아
가난한 뿌리의 시절
생의 순찰이 끝나고
푹 쉬어도
괜찮을
세한(歲寒)의 나무

LKJ

눈 위에
이름을 쓰다가
지워 버리고

다른 눈 위에
네 이름을 쓴다

이름을 쓰고
'사랑해'

시간에
공간이 덧입혀져

함박 함박
눈이 내린다

거리에서
찻집에서
교정에서

언제나 수줍던
네 눈망울의 추억과

내 마음 깊은 어디에

새살거리는
설풍(雪風)이
서 말가웃
쌓인다

이별

사랑을 버린 이별은

무거운 무적(無蹟)을 끌고 떠났다

붉은 이빨을 드러내며 해는 떠 오고

능선 구불구불 멀어지는 화약 같은 숨소리

숨길 수 없는 내 오욕(汚辱)도 데리고 가나

들 너미 오두막이 무너져 버리면

십이월의 달빛은 야무지게 지표를 찢을 거야

몽당연필같이 짧았던 네 미소

몇 번이나 웃어 주었을까

긴 간극에 내가 했던 네 숲의 밀렵

안개 낀 강물에 몸을 놓아

최악으로 쓸려 갔든

최선으로 밀려왔든

너와 나는 낙태의 범법자

출구 없던 시절 껍질의 문양만 좇던

문란한 자위의 허덕거림

그리고 모진 파괴

이제 제 슬픔의 한도를 넘어서는 사람이 없는

지금

진물을 흘리는 배를 꽉 쥐어 잡고

숱한 회오로 나는 가실 끝난 흰 들판에 서 있다

차 3

차와 지워진 흉터
메조소프라노의 여인이 만진다
자사호에 맺히는 습기의 남자는
눈 녹는 산을 보는 듯
여자가 녹으면 산이 되지
메아리로 돌아오지
여인은 찻상 건너 반신욕을 하다가
젖은 몸을 닦으며
바닥에서 올라온 인어처럼
해금의 활로 휘어진다
추위에 핀 모란
커다란 화죽(花粥)
유적(幽寂)한 숲과 숲 사이에 떨어진
평야보다 넓은 빛이겠지
딸리다 딸리다 스스로 멈춰 버린
수구에 쩍쩍 지진이 몰려온다
여인은 겨울에 불리는 이름으로
나란히 난롯불과 하나 된 자의 포용으로
차를 마신다는 것은 혼자가 아니라는 것을
텁텁한 일반 명사로 부른다
남자여!

대설 주의보

눈이 내리고
하나하나의 이름마다
눈이 덮이고
부는 바람에 이름들이
날려 얼굴에 들이치고
세모(歲暮)의 머릿속에
기울어진 상념
늘어진 엿가락처럼
길어지고
눈은 내리고
눈은 고드름보다 차가운
대설 주의보에 쌓이고
눈은 동공이 먹는
흰 크릴새우
마당에 보안등
맨발로 시리게 서 있고
내리는 눈은 그렇게
작열의 눈은
내리고

눈

천상에서
풀풀 내려와
비좁은 골목길
삶의 창문마다
쌓이다
만 원의 전깃값에
만 원의 서정만을
가슴에 담는
더는 희생 없는 지상에서
떠나
버려진 오물을 따라
깊은 지하로 흘러
검은 부등가의 수맥에
갇힌 액체,
나는
파랗게 웅크리고 있다

눈 2

여자는 매운 하늘
남자의 서른세 해를 뭉개다
각풍(角風)에
들판 여기저기
흰 초분(草墳)
버려야 할 것을
버리지 못하고
남겨야 할 것도 없는데
정녕
가슴만 커서
쏙쏙이는 나신의
유혹
미립자로 썩어 갈
정신마저
사치에 끌려
젊음이란 미래라는
깨달음의 부재로
오,
생식에 주의하라
여자여!

2022 성탄절

거기엔 하느님이 없었다
온전치 못한 고드름의 자유
자동차 발길에 채는 도로의 바람과 함께
석룻빛 고인돌의 심장을 후벼 팠다
사람들은 살기 위해 생활을 낙태하고
벼룩과 이를 불러냈으며
사라진 전사들의 예언을 듣지 않았음을
공공연히 후회했다
티브이를 틀면
사기꾼들의 허황환 광대 짓이
허구픈 가슴을 미어지게 하거나
뚱보들의 먹판이 게걸스럽게 활개 치고
재방 삼방 셀 수 없는 가무판이
하루 종일 다리를 벌리고 달려들었다
느린 지석천
창문에 일그러진 성에로 맺혀
엘이디 등불에
희끗 몸살을 앓고 있었고
몽골의 늑대들이
무리 지어
무리 지은
가축의 목을 물어뜯었다
그날의 밤은
탄생조차 거짓이었다

무인

나는 다시 태어난다
피까지 검은 까마득한 절망과
담뱃불에 들러붙어 웅크린 추위,
악귀들과의 밀도 깊은 싸움으로

겨울 볕이 눈 내린 벌판에 느른하게 누워 있다
세계는 번식과 이기의 철학만이 목적이자 무기
2마일 안에 팽팽한 청춘이 없다
점점 등짐이 젖는다

하루는 깜깜하게 살고
하루는 때를 벗기며 살지

초승달에 베인 여인의 누드화가
자동차의 발에 챈다

물이 기계의 위협에 거꾸로 흐른다
연역적 사고는 악
개체란 보슬보슬한 버들강아지

빙어가 뛴다
창자가 매콤하고
부레가 젓가락에 찔린다

눈 3

기억의 한편에 잊지 못할 사람은 남아 있고
눈이 온다
그러므로 온전한 은총으로 노루 엉덩이 같은
눈이 온다
타들어 가는 화염의 불씨 한 톨이라도 믿음이 되는
눈이 오고 마당에 눈이 온다

흰 설탕에 버무려진 긴 가래떡,
길은 쫄깃하게 나 있고
싸이렌을 울리는 백설기
누군가의 응급의 삶을 싣고
꽁무니를 따라 눈이 오고

평야의 난장에
묻혀도
묻히지 않는
눈빛이 살아
고인돌 무게만큼 눈을 맞으며
걸을 수 없는 눈사람 세워 놓고
세밑에
푹푹
눈은 오고
한겨울에 눈은 오고

노예

눈이 내린다

눈은 추위와 함께 내리고

아씨는 따뜻한 아랫목에서

나를 부른다

까닥까닥 손짓을 하여

눈을 가리키고

추위에 맹목적으로 주먹질을 한다

살얼음이 낀 빗자루를 들고

나보다 더 실감 나는 아씨의 체온의 촉수에 경탄하며

벌어진 추위의 꼬투리를 얼른 닫고 마당을 쓴다

눈이 내리고

어젯밤 춘심이를 데리고 간 서방님 사랑방 앞뜰에 눈이 내리고

부족한 것이 밑을 씻고 있다

호미로 파고 있다

(바다 바닥에 사는 문어를 선비 고기라 부른다니 얼마나 당혹스러운가)

대문을 열고 발자국 없는 눈밭에

나는 아씨의 가장 풀기 어려운 암호, 숲을 그리고

오줌발을 길게 쏜다

겨울 이야기

꽃은 봄에 피는가
반동(反動)의 싹이 오르고
잎이 핀다
주체의 자존을 거스르는 타자의 입이
화를 부른다
사태를 분간하지 못하는
여자의 행색에 말없이 불을 지른다
푸른 하늘을 떠도는 수많은 바람 줄기라도
어지간한 눈썰미라면 몇 가닥쯤 되리라 짐작되련만
쥐뿔도 없는 것이 오만하기는!
들창문과 방문을 열고 해우초를 태운다
냉장고의 아가리를 열고 해우초 연기를 차게 얼린다
그러면 봄에 피는 꽃은 꽃이 아닌가

겨울 서정

참 햇살이 따숩다
사랑하거나 마음에 들었던 여자들이
머릿속을 굴러다닌다

그들은
로스팅의 온도가 다른 커피
맛과 향이 입 속에 진하게 남아
뱉어도 뱉어지지 않는다

등받이 의자에 오랜 시간 앉아
겨울 서정이 불러일으키는
야릇한 뉘앙스에 푹 빠져 있다

하나씩 불러 가며
나를 불러 가며

눈은 녹고
한여름의 아이스크림처럼
대지는 질척이고

고인돌에
하혈이 끊긴 여자들을 묻는다

눈 4

어느 것이나 사랑 아닌 것이 있더냐
간절하게 가슴을 열어서
셀 수 없는 깊이마다
평야보다 넓지 않은 사랑이 어디 있더냐

내리는 눈
추억의 여인들도 내리고
지워 가며
제 몸에 다시 눈은 내리고
적출(嫡出)의 눈과
서출(庶出)의 눈이 섞여
한바탕 어우러지면

사랑을 떠난 사랑이 있겠느냐
닳은 빗자루처럼 짧은 하루해
소달구지에 묵묵히 실려 가는
사랑 아닌 사랑이 어디 있겠느냐

눈 5

겨울을 깐다
보늬에 덮인 알맹이가 나온다

지금보다
더 많이
벗겨 내면

1월의 상품,
햇볕에 추위가 풀리고

네 혓바닥에
숱한 토렴질
투명하게 오가는
액체

24시간
정성을 들여
너의 속살을
말끔히 씻는다

기다리는 자의 자유란
떠나간 자의 자유에 가리우는 것

한겨울,

쌀쌀한 바람이 녹아 축축하다

겨울 꽃

우리가 사랑한 것은 비밀이다
슬픈 것이기에 숨겨 놓았던 것이다

세한의 나뭇가지마다
시린 얼굴들
눈꽃을 따라
핀
삼매(三昧)의 격정

사이렌 같은 도로에
빛은 녹아
한 무더기 메뚜기 떼로
톡톡 튀고

서른에 살고
서른에 죽는

우리의 사랑은 이정표다
아무도 볼 수 없는
안개 속의 붙박이다

사랑은

사랑은 아픈 자국이다
이기를 채우려다
실패하고 만
오직 번식에 들뜬
몸뚱이로 써 놓은
혈서다

널리
모든 순간마다
능욕의
사랑

단돈 5만 원에
숨이 막힐 만큼
치열한 가계부
사랑이라는 서툰 살림살이

소금 한 움큼보다 짠 것이
사랑이다

우리가

우리가 아름다운 날에 만나자
우리가 청양고추처럼 푸르른 날에 만나자
우리가 가난하여도 사랑할 수 있는 날에 만나자

욕심 없는 꿈과
상처에 닳은 미소가
생산되는 곳

저 벌판에
새로
씨앗을 뿌리고
김을 매고
비 오는
저 들판에

우리가 서글프도록 그리운 날에 만나자
우리가 생명의 아침을 걷는 날에 만나자
우리가,
우리가 스스로의 기쁨이 되는 날에 만나자

LKJ 2

허재비 앙상한 인형인 양
남녘의 어디쯤
시큼한 영하의 바람에 함께 손잡을 이가
그대였으면 좋겠네

아궁이에 불을 지피고
작은 가마솥에 흰 쌀밥을 짓고
화로에 된장국을 끓여 함께 먹을 이가
내게는 언제나 손님인
그대였으면 좋겠네

봄 여름 가을 겨울
모두가 사는 것이 그만그만인
싸리 울타리 건너 건너마다
명패 떼인 가난한 사람들의 마당에
함께 능금 하나 던지고 내뺄 이가
그대였으면 좋겠네

숱한 회의의 말문을 달고
서툰 광대 짓으로 난장을 치돌아 다닌다 해도
오다마 같은 달이 뜨는 밤
그 풍만함을 그대와 함께 나눌 이가
그대에게 늘 손님인
나였으면 좋겠네

눈 6

천지에
눈 내린다

눈사람보다
더 큰
눈기둥으로

무량수전을
받치고

저물녘
흔들리는
상념에

차곡
차곡

서 말의
깊이까지

눈이 온다
눈이 쌓인다

시인

나는 굼뜬 생명의 시인

눈 내려 쌓인 들판에 따뜻한 입김을 붓고
잎 하나 남지 않은 나무 세한의 가지를 어루고

어느 날
약속하였다
들 너미 처녀의
잃어버린 가을과
검게 탄 소망
피로한 삶에 대고
이유 없는 불공평은
없어야 한다는 믿음을
쌀보다 채소보다
과일 소고기 돼지고기보다
먼저 팔아야 한다는 것

벌거벗은 창문에 보안등 불빛이 낯을 비비고
찬 바람이 마당을 쓸며 퉁퉁 뛴다
멀리 장닭이 경쾌한 홰를 친다

일주문

논길 경사면과 논 사이에
눈이 남아 있다
햇볕이 눈을 빨아 먹는다
산들의 내음이 들린다
마음을 강탈당한 도로에
차들이 내달린다
한 겹 뒤엔
무엇이 되어 있을까
와인 잔에 갇힌
금붕어
시공이 없는 곳에
하나의 스스로 만든 시공이 되어
생명의 씨앗을 뿌리고
돌보고 수확하다가
마침내
꿈에 이르러 자유하려니
부지런한 나태와
눈 감은 시선으로
나는 여기 서 있다

고립

길을 걷기 전에도
걷고 난 후에도
생명의 고립
피할 수 없기에
영원한 시간의 고립에
갇힐 수밖에 없기에
얼굴을 지우면
거기에 얼굴이 생기고
바람이 지나가면
그 자리에 바람이 다시 불고
한순간도
벗을 수 없는 고립을 입고
비행도 고립이라는
철새들의 행렬을 따라
떠나고 또 돌아오는데
다만
무심한 손짓을 짓는
무엇이 있어
새벽 범종 소리 아득하다

겨울, 햇볕 좋은 날에

그대가 오지 않아도

내 마음은 그대에게 갑니다

겨울 햇볕에 흔들흔들

생각을 맡기고 있습니다

서로가 사랑하는 사람들도 많겠지만

이렇게 사랑의 추억에 사는 사람들도 많이 있답니다

평원에 내리던 눈은

지난가을의 수고를 위하여 내렸던 것이구요

아무에게도 보이지 않던 수도자의 기도는

깜깜한 어둠을 달래는 것이었습니다

도로를 내달리는 차들의 경음이

침묵을 밟습니다

나는 아무것도 하지 않습니다

그저 몰려오는 빛과

그 빛에 묻어오는 하늘과 땅을 바라볼 뿐입니다

상처와 고통과 절망이 없습니다

단, 겨울 산이 자꾸 성가신 질문을 한다는 것 빼고는요

밥을 먹습니다

아주아주 달게 보리밥을 먹습니다

유치한 시를 읽다가

유치한 시를 읽다가
내 볼이 빨갛게 유치하다

추운 새벽,

연탄재처럼,
쓰다 버린 사유가
마당귀 여기저기 무더기로 쌓여 있다

오늘은 아내에게 어떤 도시락을 만들어 들려 보낼까

달걀말이 유부초밥
시금치 고사리 볶음김치
보온병에 구수한 두부 된장국

그래, 삶에는 격조가 필요하지
매서운 탈피가 요구되지

유치할 바엔 차라리 바보가 나아
그렇다고 고개를 끄덕여 봐

가로에 붙박인 은행나무 건너
범종 소리 낮게 흔들려 오고

자동차의
불빛,
바싹 언 어둠을 깨며 스쳐 간다

우리가 다시 사랑하는 날에야

우리가 다시 사랑하는 날에야
밤하늘의 별은 반짝일 거야
그 옛날,
숲정이 마을에서 나누던
너와 나의 호흡이 그립구나
맑게 언 시냇물과
가을걷이 끝난 논밭 배미들
눈 속에 파묻혀 봄을 기다리던 웅성거림
게으른 나와 부지런한 네가
작은 방에서 시를 쓰고 소설을 지었지
매일매일 하늘이 가깝고
바람은 그 하늘을 실어
누군가의 삶에 한 톨이라도 기쁨이 되었지
동그란 눈동자 같은 네 미소에
우수수 떨어지던 달빛
밤마다 아궁이에 굽고
조그만 입 속에 귤을 집어넣고 오물거리며
바람벽을 기어오르는 욕심을
떼어 내고 떼어 내고 자꾸 떼어 냈지, 너는
그렇게 세월은 지나가고
비가 온다
기억 속으로 가는 겨울비가
새들의 날개와 자동차와
어른 봄 애기 봄 얼굴에 촉촉하게 내린다

비 내리는 날의 여인

비가 왔어

맨발에 계절을 잊은 고무신을 신고

구석 자리에 앉았지

몇 자리 건너

여인은 창문 밖을 바라보네?

비 오는 날의 풍경은

기억 속의 그것과 겹치나 봐

눈이 와도 그렇지 않았을 것을

한가한 오후의 기사 식당에서

먹을 것 입을 것 잘 것 걱정 없는데

눈을 포릇포릇 깜박이고

옆자리 취객의 실없는 농담에 살풋 미소 한 숟갈

어디로 가는 물체인가, 허무 한 접시

죽어도 지워지지 않을 업은 자신의 키만큼 크고

여인의 마음을 들여다보고

제 인생으로 보듬어 줄 뉘 없어

까닥까닥 고갯짓에 마냥 흐르는 시간

세상에 둘도 아닌 하나의 여인이 일어서고

문을 열고 긴 치마 입은 그녀가 떠나네

LKJ 3

날이 따뜻해.
네가 보고 싶다

자그만 너에게 구하는
지칠 줄 모르는 낱말은
하나

'만나자'

세월이 늙어 가고
달거리 끊겼을 네가
숨 가쁘게 달려왔을 네가

이젠 여자가 다 되어 버린
나를
만나도 어색하지 않을 것

네가 하지 못한 말을 나는 안다
아무리 침묵으로 포장했어도
네 침묵의 이면을 보았으니

아야!
비 내리는 밤,
숲은 툭툭 튀고
호접란 분홍에 흰 빛깔
너의 색인 듯 느껴

이니셜마다 가슴을 뻗어.

하지만
너는 소식 한 자 없네

한겨울에
고뇌 없는 소시민의 두뇌에
봄이 가고 여름이 오고
가을이 지나고

아,
네 인생도 그렇게 허물어지고 있는가

겨울비

마음이 따뜻한 사람은
자신에게 화를 낸다

그 사람은 삶의 목표가
내면이므로

자신과 항상 싸운다

겉 포장에 신경을 쓰지 않는다

……

태양이 지고
지축이 '텅' 흔들리면

나무와 숲이
시야에 신성하게 서성이나니

겨울 자리는
심장의 자리

거기,
봄은 먼데
꽃이 피는가
들꽃은 피었는가

욕망

욕망이 들이친다
보이는 것은 모두,
가난한 내 삶에도

고등어 한 손에 만 원
그 돈이면
등 푸른 바다도 살 수 있나

에이 달걀국이나 해 먹자
한 알에 250원짜리

마당엔 별빛이 기침을 쿨럭이고
도로는 피로하다네

떠나야 할 것들을
떠나지 못하게
헤어져야 할 것들을
붙잡으며
지독하게 쓸쓸하구나

여자 하나,
매니큐어 바른 손이
빠르게
장갑 속으로 파고든다

욕망 2

함박눈이 퍼부어요

나를 덮고
그대를 덮고

휘몰려 가
새들의 둥지를 묻고
지석천의 몸뚱이를 묻고

찬 바람에
각성의 1월이 투명하게 얼어
누구나의 눈에 맑게 빛나는걸

열어 놓은 창문으로
게걸스럽게
담배 연기가 몰려 나가요

만약,
이 까만 밤을 판다면
얼마나 받아야 할까요?

눈꽃

나뭇가지
세한의 눈꽃

서성이다가
흔들리는
바람꽃

송송
임의 얼굴 꽃

고즈넉이,

생각을 기르는
생명의 꽃

나는 무엇으로 사는가

초로의 시간,

여기,
벌판에서
쏟아지는 햇발을
어깨에 매고
작은 씨앗을 뿌리며
흰 쌀밥 같은
든든함을
마음껏 누려 보자

너나없이
고샅을 휘돌아
노인들의 노동이
제멋에 기우는
저물녘 들판 건너
새들의 귀소 소리를
들으며
실개울에 하루의 피로를 씻어 보자

정녕 그렇게 살아도 한 생이지 않겠는가

그리움

그대와 같은 그리움이
또 있을까요?

눈꽃처럼
햇빛에 반짝이며

나의 한가운데
지고
피고

또한

마음이 아프고
외로울
적에

다정하게
만지고
쓸어 주던

행여
그대 아닌 그대를
내가
사랑했나요?

LKJ 4

말할 수 없는 이 쓸쓸함은
밤이어서 그런가,
눈이 내려서인가

낮에
칠천 원짜리 짜장면을 먹고
어머니는 짜장면집 주인이 준
돼지갈비를 또 먹었다
어머니는 무엇이 그리워서인가,
눈물겨워서인가

밖에 나와
허공에
눈만큼 가벼운 담배 연기를 날린다
진아
네 침묵의 목소리가 이명이 되는구나
영하의 겨울이어서?
머리가 깨지도록 네 생각에?

칠천칠백 원 호접란이
생존의 호기를 잡은 듯
내 눈을 빨아들인다
제 몸에 내 발을 맨다

그래도 나는 쓸쓸한 것을,
쓸쓸해서 추운 것을

LKJ 5

내가 너에게 사랑한다 했다

그것이 사랑이었는가

너의 숲에 이르러 쉬고 싶었을 뿐

이룰 수 없는 나의 갈망이

너에게서 잠시

허튼 줄 알면서도

끓어오르는 그것이

식혀지게끔...

그러나 세월이 흘렀다

미처 알아보지 못한

사랑의 참뜻을 작은 꽃이 깨우친다

사랑은

열매만 따려는 것이 아니라

씨앗을 뿌리고

물을 주고 조심히

가꾸어야 한다는 것을,

태고의 유전자로부터

내림으로 박혀 있어

사랑은 훨씬 어마어마한 의미라는 것을,

하여

나는 사랑하리라

이 평원에서

떠나 버린 너를 다시

온몸의 역사(力事)로

더 크고

더 넓고

더 깊게

온전히 사랑하리라

해

시선(視線)에 끌려
비상(飛翔)의 선(線)을
그으며 떠오르는
붉고 둥근 저것이 무엇이냐

용암이냐,
제 몸에 닿으면 모든 걸
태워 버리는 용암이냐

잿더미 같던 1월이 저물고
지구 건너편 바다에서 넘어온
2월의 해가 활활 타올라

류머티즘을 앓는 벌판,
상처의 발원(發源)을 끓여
깨끗이 치유하느니

사는 것이 너에게 달렸구나
네가 사는 것이 곧 내가 사는 것이로구나

나

너는

너 자신에게

무자비하게 잔인하라

혹독하라

비록

그것이

너의 살점을 뜯어내고

뼈를 갈더라도

만약

그렇지 않다면

인고의 겨울을 몇십 번 넘긴다 한들

너의 삶이

장꾼의 삶과 같이

신뢰할 만한 그 무엇을 너의 가슴에 새기겠느냐

그러므로

너 자신을

작두 위에 올려놓아라

벼린 낫으로 베어라

오월의 강에

요동치는 혼령처럼

너의 혼을 마구 흔들어라

갈아엎어라

Y

Y,
네 내면의 소용돌이를
말해 보렴

드디메 너머 한 마리 나의 새여

저물도록
느끼한 세사(世事)를
물어뜯어야 하는 피곤한 나의 새여

여자는 아프구나
고독이 있어 아프구나

불러도
불러도

너는
솥뚜껑 운전에 바쁜 것이로구나

오,
안타까운 미네르바의 부엉이여
아토피를 잡는 젖산이여

어린 햇살 어깨에 무동을 태우고

이곳에

당신이 없습니다

어디에 계신가요

어디에 계셔

제게 작은 신호 하나

보내지 않으신가요

저는 허리 굵은 들판에서

쌀을 생산해 내는 이들과

호흡을 함께하고 있습니다

딸기며 방울토마토며

각종 베리들 상추 배추 청양고추

대파 양파 시금치

된장 고추장 쇠고기 돼지고기

먹거리를 길러 내는 이들과

손을 잡고 있습니다

선명히 제 자신을 드러내는 하늘과

이방(異方)과 저를 교통해 내는 바람과

저의 맑은 삶을 지지하는 강과

일순에 저의 폭발을 보여 주는 노을과

저의 굳은살을 안쓰러이 여기는 별과 달과

뜨거운 포옹을 하며 지냅니다

하지만 그 모든 것에도 불구하고

당신이 지금, 여기, 제 곁에 없다는 것,

그것이 저를 안타깝게 합니다

만상이 저를 위로하는 것보다

당신의 다정한 손짓 한 번이 더 좋기 때문이지요

훗, 봄이 냉큼 찾아왔습니다

혹 봄나물로 오실지 모르는

당신을 만나러 나가 보렵니다

입춘의 들녘으로,

어린 햇살 어깨에 무동을 태우고,

겨울 이야기 2

내 가슴에 눈이 옵니다
나의 외로움에 몇 척이나
눈은 내려 쌓일까요
그대 하얗게 떨며 떠날 때
그 떨림에도 눈은 내리고
쌓이고 쌓였던 것을
그대와 나
눈물에도
눈은 내리고
담뿍 한 아름 덮이고 덮였던 것을
속절없는 시간과 시간의 간극 사이로
유두(乳頭) 같은 눈이 내리면
펄펄 눈이 내리면
바람 탄 눈이 내리면
세상사 까마득히 잊혔던 것을
하,
눈이 내립니다
키 높은 가로수에도
예민한 전선에도
눈이 내립니다
눈이 눈으로
옵니다

겨울 이야기 3

상처가 깊어 갈수록 인간에 가까워진다
눈 뜨고 새벽을 맞이하는 자만이
포만에 그득 찬 건배의 잔을 들 자격이 주어진다

생의 주기가 끝나면
자신의 뼛가루를 빻으며
온전히 관 속에 누울 수 있으리

세월의 바다에 시퍼런 소나무
닻을 내리고 범종 소리
십 리나 되게 멀고,
투둑투둑
처마를 타고 떨어지는 빗소리
검다

배꼽의 때를 떼어
툭
던지면,
지남철처럼 한가슴에 달라붙고
거기에서 모성의 허리가 굽고
생명의 법신이 나투어진다

빛의 윤슬이,
저 보름달의 풍요가
서릿발같이 차가울 때
우린
우리의 서로가 된다

나의 노래는

나의 노래는
새가 되리
나는
그대의 가슴을
노래하는 새가 되리
한 마리
햇살을 물어 오는
새,
나는
하늘을 노래하리
하늘을 노래하며
강이 되리
그 강가에
2월이 되리
2월의 가슴이 되리
가슴에 뛰는 맥박으로
그대의 숲을
바람처럼 날으리

꽃

꽃을 사 들고 너에게 간다
나를 기다리는 너에게
나, 두근거리는 마음으로
너에게 간다

온 세상이 꽃친
그래서 나도 꽃친
그래서 너도 꽃친

2월 어느 하루
빛나는 서정으로 밝은
골목 어귀
너의 이름을
가만히 부른다

여자

내가 불러서 온 사랑
네가 불려서 온 사랑

처녀는 사랑하지 않는다
아줌마도 사랑하지 않는다

여자의 자리는
강고하게 붙박인 자리

2월의 봄,
씨앗이 불러서 온 들판
씨앗에 불려서 온 들판

들판을 본, 못 본, 처녀는 없다
들판을 본, 못 본, 아줌마도 없다

여자의 자리는
아프게 흔들리는 자리

내 앞을 5만 원권
빳빳한 신권을 입은
여자가 흐물거리며 지나간다

그대가 가고

그대가 가고
그대와의 추억이
내 가슴에 박혀 있다
영산홍 붉은 달밤에
송이송이 피던
그대의 기쁨이
앞산 능선마다 생글거리고
모난 밭을 돌고 돌던
풀포기를 캐는 호밋자루 단단히
아이 하나쯤
거뜬히 낳아 키울
작심도 찔레꽃처럼 눈부셨다
아침 안개 삽날로 걷어 내며
맑은 새소리에
그대의 어린 손이 낡도록
깨진 호롱 밤새 기우던
그러나
유한(有閑)과 인정의 내림에
한목숨 푸르지 않겠느냐는
차라리 서툰 부끄럼도 낯에 돋았다
……

어느 무서운 밤이 아니었다면
그대를 추억할 내 가슴이 없었다면
그대가 그렇게 새까맣게 가 버리진 않았을 것을

봄이어서 슬픈

눈이 내리면
그대는
오래된 암자의 아궁이 같은 사람

천지에 눈 덮이면
그대는
그대는
몸짓 하나로 모든 것이 빛나는 사람

나는
그런 그대의
눈에
잊힌 사람

봄

새벽,
이 길을

점점
햇빛에
탈색되어 가는
이 길을

둘이 걸어도
그만인
이 길을

혼자 걷는
이 길을

바람의 깊이로
깊은
이 길을

이제

다 걸었어라
하고 싶은
이 길을

또
걸어야 하는

눈 속에
눈이 밝은

어른 봉
애기 봉
너머

이 길에서
이어지는
저 길을

관음

돌아앉은 관음을
돌아앉게 하지 마라

누구 하나
생의 오솔길에서

만난

그 이름에
만월의 품을 내주려니

그렇다 한들

쉬운 생 있더냐
너를 고개 숙이게 한 답이 있더냐

네가 너에게 마주하는 시간에
세간의 시간은 멈추는 것을

그리하여

돌아앉은 부처를
네 얼굴에 붙이지 마라

쪼끄만 여자를 사랑해서

삶은 비극이다 그러므로
버려져야 한다
삶은 부정이다 그러므로
부정되어야 한다

나는 쪼끄만 여자를 좋아한다
쪼끄매서 옹송거리며 뛰어다니는
여자,
쪼끄매서 저같이 쬐끄만 꽃을
좋아하는 여자,
쪼끄매서 가슴의 칼자국이 쉬
낫지 않는 여자,
마음 하나 맑아서
쪼끄매도 쬐끄매 보이지 않는
여자,
모든 걸 다 주어도
쪼끄만 생을 채워 줄 수
없을 것만 같은 여자,
돌아서면
쪼끄매서 쬐끄맣게 사랑하고픈
여자,

삶은 절망이다 그러므로
놓여야 한다
삶은 실연(失戀)이다 그러므로
그래도,
잇고자 하는 것이다

사랑

나는 너를 사랑하지 않는다
나는 여자를 사랑한다

나는 고유 명사인 너를 사랑하지 않는다
나는 일반 명사인 여자를 사랑한다

비가 온다
너는 울지만
여자는 더 깊게 운다

비가 뭉쳐
눈이 온다
너는 가슴을 열지만
여자는 모든 걸 연다

길에는 수많은 네가 걸어간다
여자는 어디에 있을까

하얗게 내리는
눈 내리는
빛 반짝이는 보안등 아래
성모(聖母)의 눈이 감감하다

세월을 잊은
낮은 평원에

새들은 날고

법당에

부처
한 좌

육십 년
세월의
거리 없이

격한
나
한 좌

찌그러진
그믐도
편안하게

한
좌

숙명

먹장구름 같은 숲을 비웠는가
하나의 산으로 돌아다니다가
쑥스러워진 내 삶을 위하여

처녀의 몸으로 아이를 낳았는가
들녘의 농부로 기울어 가다가
새삼 심을 씨앗이 많다는 걸 안 내 삶을 위하여

도려진 혼으로 까맣게 타 버렸는가
실핏줄마다 터져 버리다가
고압의 전선에 다시 매달린 내 삶을 위하여

그대 아닌 것을 사랑해도 되겠습니까

그대의 자리를 비워 줄 수 있겠습니까

물어 가는 내게 그대라면 비워 줄 수 있겠습니까
되물어 오지 않게,
별다른 생각 없이 편안하게,
답을 할 수 있도록,
이미 비워라 했지 않느냐,
곤혹스런 화를 내지 않게,
갑자기 물었다는 어떤 캥김도 없이,
철 따라 바뀌는 사고의 점성처럼,
멋쩍은 눈 너머 눈 안에 매의 발톱을 드러내지 않게,

그러나
살짝 면도날에 베인 저숙성의 사랑으로(어쩔 수 없다)

여보,
당신은 당신의 자리를 비워 줄 수 있겠습니까

봄에는 이렇게 만납시다

우리,
몸도 만나고
마음도 만납니다

어려운 포장을 하지 않아도
요셉과 마리아가 그렇게 만났다고,
나는 알고 믿습니다

내 삶이,
그대의 삶이,
제대로 어우러지며
명료하게 추상화되는 곳

지금,
여기는,
천국입니다

지금,
이곳은,
빛의 나라
봄입니다

여자라서 유죄일 필요는 없다

만약

그대의 삶이 외롭고 불편하다면

그대에게 따스하고 편한 삶을 만들어 드릴까요?

만약

그대의 삶이 누추하고 깡깡하다면

그대의 삶을 환하고 낭글낭글하게 바꿔 드릴까요?

만약에 말이지요

그대의 삶이

보다 덜 욕심스럽고

보다 더 칼칼하기를 원한다면

나에게도 기회를 주실 수 있을까요?

욕망 위에 편(便)을 세워 보랴

나는
그대의
그믐

그대가

몸으로
살고 싶을 때나

마음으로
추스르며
살고 싶을 때나

그대에게

도저히
보이지 않고
들리지 않고
만져지지 않는

나는
수(數)와 같은
그믐

한 번도
달걀을 낳아 보지 않은
수탉,

그
너릿재
2월의 폭양

나는
거기에서
그대의
하얀 잉깔림

그대의 전신을 빠는
그대의 생식의 죄

그대의 뼈와 살이 세워지고
의식의 주사가 놓이고

파랗게 썩어 가는
검은 눈동자,

그대의 꽃에
진
11시 반

남자는 웃지

바보같이 그대는
이제 수줍지도 않아

내일
새벽,
4시에 올까
그럼,
5시쯤에?

24시간 야광으로 살다
그대의 그믐으로 살다

또,
나는
언제나
그렇고 그런 그대의 뒷배인 척

호,
홀연히
정개문을 열면
어둠

나를 줍는
그믐

그대를 줍는
나

봄처럼 살자꺼니

요양보호사를 따라간 어머니를 기다린다

어머니가 요구했던 빨간 꽃을 선반 위에 올려놓고 어머니의 없을 날이 황망히 마음이 이상하다

이상한 마음을 얼른 지우고 아까 꽃 사러 가서

하나는 어머니를 위해, 하나는 면 행정복지센터 복지계원들을 위해 솟구치던 뿌듯함을 다시 생각한다

인생이라는 자리에 꽃을 나누고 봄을 나눈다는 것은 얼마나 찬란한 것이냐

죽음이라는, 우리가 한 번은 만나야 하는 불편에 작은 가슴을 건네고 작은 형상을 건네는 것은 얼마나 온전한 기쁨이냐

길고 짧은 차들이 저마다 바쁜 와중에도 배기구에서 봄을 뿌리며 지나간다

인생은 푸르러서 봄이고

죽음은 안개라서 포근하다

봄에 온 가인과 같이

삶의 진실은
주로
불편한 데 있다

내 삶은 바닥
깊은 샘물의 바닥
바닥에서 길어 올린
내 삶이란
아픈 병과
잘 쓰이지 않은
시 몇 편
소설이랄 것 없는 잡동사니
수필 하나
문을 열고
나를 빼꼼히 감시하는
어머니의
무서움들

나도 안다
불편한 진실보다
편한 현학이
잘 읽히고
많이 팔린다는 것을

불편한 상처보다
행복한 엔딩이
우리의 예쁜 반지가 된다는 것을

불편해서 그냥 싫은
욕망의 절제와
편해서 마냥 갖고 싶은
욕망의 핏대를

그러나 달이 차면 기울어야 한다

기울어야 다시 차오른다

이 세기는 이제 그만 기울어야 한다

욕망의 집적과 집중,
분식 회계가 멈추어야 한다

내가
진실하느냐는 물음은 하지 말라
내가
바닥이어서 불편하느냐고 묻지 말라

오직
삶의 진실이
왜 불편한 데 있는가
네가 네 자신에게 물으라

범종의 꿈

아프로디테를 사랑하여
어느 여자도 사랑하지 못하게 됐다

어느 여자도 사랑하지 못하는 벌로
죗값을 치르는 흰 벌판에서
벌판과 같이 희게 누워 별을 본다

아, 치밀어 오르는 페시미즘!
아아, 붓다가 버린 야소다라의 꽃!

차라리 나는 물먹은 나무토막에 맞아
낮은 신음 소리 십 년이나 울려 퍼지는 범종이나 되거라

도곡에서

들녘이 슬프다고 말하는 사람은 없다
그러나 들녘이 꺼슬거리는 나락의 바다라고 말할 사람은 많다

내 눈이 열린다
슬픈 사람들이 길을 걸어간다

슬픈 사람들은 아주 멀리 시선을 던진다
그들이 늙은 사람들인지 혹은 젊은이들인지 모르겠다

바람이 내면을 우려 2월의 햇살을 덮친다
산들이 뒤로 황급히 물러나고
새들이 계곡을 물고 난다

언제나 자동차들이 주인의 핸들링을 거부할런가
갑자기 바퀴가 기겁을 하며 유턴을 한다

빛,
빛들과

낮춤한 하늘이 허리를 굽혀
푸른 나락을 들녘에 심는다

여인

비는 오는데
봄비,
고무신 찰방거리며
오는데

찻집 여인의 꾸짖는 목소리
비는 오는데

가깝고도 먼
우주의 죽비인갑다

비는 오는데
깊은 산
여인은 두 눈
깊어 오는데

맑은 목마름으로
비는 오는데

밤이면 밤마다

밤은 모든 빛깔을 덮는다
문을 닫고 처마 속에 숨어 버린 참새의 둥지를 덮는다
자반고등어를 냉장고에 다시 한번 죽이는 얄팍한 지혜도 덮는다

모두가 제 자신을 신으로 떠받드는 피곤한 몸뚱이에도
모가 난 아이들의 궁핍한 젓가락질에도
쉰이 넘어 시집가지 않은,
아아(아줌마인 듯 아가씨)의 모호한 젖가슴에도

흑싸리 같은 밤이 내린다
밤꽃처럼 비린 밤이 내린다

이제 19세기에 태어난 사람은 없다
밤은 훨씬 전에 태어났으나 아무도 거기에 신경을 쓰지 않는다

목가적 시인이 밤을 노래하는 밤,
밤이 밤을 추앙하고
밤이 밤을 쓸어안는다

오, 그렇다

빛깔은 잠시 덮일 뿐
그런 빛깔을 짐짓 밤은 빛내고 있는 것을

밤은 모든 빛깔을 힘껏 돋우어 내는
빛깔의 모태, 혈궁(血宮)인 것을!

네가 꽃자리라면 두려울 게 없다

임,
내 안에 무엇이 있다
무엇이 있어 자꾸 쓰러진다
쓰러지며 기대 오는 건 쓰러진 후에
건네 오는 네 손, 거칠어서 떨려 오는 네 비음
비음의 장단에 맞춰 *쪼끄*맣게 종종거리는 오십 줄의 몸짓
몸짓 하나에 봄이 피고, 봄은 피어 꽃 짓이 되고
꽃 짓의 마당엔 하늘 망울, 바람 망울 건들거릴 테구

2월은 기초화장을 한 여자

임,
내 안에는 무엇이 있다
무언가는 무덤으로 자꾸 붓고
부어서 부어서 한없이 부풀어서
네 입술에 진하게 달라붙고, 거기에 안심이 있고
안심은 숨을 쉬고, 어둠을 태우는 네 가스 불에
새벽은 튀어 행려의 병, 병자도 무심한 법당에 들어
비로소 평온한 해탈의 짐만 가벼울 테구

그대가 어등산 풀잎이라면

그대가
어등산 풀잎이라면
나,
그대에게 기우는 풀꽃이 되겠네

다시락거리는 맑은 햇빛과
보풀 달린 바람의 하품

그대가
애기봉 작은 싹으로 여민다면
나,
그대를 건드리는 한 소절 봄노래 되겠네

화가의 그림-시반(屍飯) 김대진에게

그대의 미적 사유는 얼마나 깊나

회진 포구 밤바다
천관산 실루엣을 이고
서너 점의 인가 불빛
별 하나 반짝

만월의 윤슬 퍼덕여
퍼져 가는 관보살의 자재

어이,
그대의 화필의 유세(遊說)는 끝이 났다

2월의 사랑은 질투

2월이 차다
2월의 사랑이 스산하다

너의 머릿결이
산모퉁이 뒤에서 뛰어온다

2월은 여자
2월의 사랑은 질투

기다란 숨
폐에 들이고

엉뚱한 한 생각이야

된장찌개 뚝배기
달래 한 움큼
싸한 입맛이 끓는다

나는 보푸라기를 가지고 있다

나는 보푸라기를 가지고 있다
고추밭을 매는 호미 든 여자

여자는
태어나 보푸라기가 될 때쯤
보푸라기를 포기한다

하여,
여자는 보늬가 된다

꽃 샴푸로 머리를 감고
욕조에서 거품 목욕을 한다

다정한 듯
물 한 잔을 건네며
화구에 내연의 꼬투리를 던진다

화장실 없는 실내에서
화수분처럼 쏟아지는
설사를 참고

누구여도 좋은
남자의 허우대와
금전과
녹초가 된 타인의 생명에 관계없이
혈주를 마신다

게다짝 같은 평평한 길을
1월이 가든 12월이 가든
수술한 4월이 가든 5월이 가든
콧대 높은 차를 타고 달린다

여자라서 그런가
아니면 여자가 그런 여자라서 그런가

나는 여자를 벗기지 않는다
다만 보푸라기를 갖고 있을 뿐,
화장실에서 일 보고 나온 여자

내가 아는 한 여자

여자는 지성(知性)

남자의 몸을 볼 수는 있으나
남자의 바닥은 볼 수 없다

여자는 선(禪)을 멈추어야 한다
인생은 그리 한가한 것이 아니므로

만약
부정하고 싶다면
해 뜰 녘이나
해 질 녘이나
밥을 짓지 마라

누구의 흉내 아니면
기껏 일상의 재조합

새끼를 낳아도
원, 저 닮은 새끼만 낳지

끊어!
한 발자국 더 밀고 나가!

여자의 바닥을 밝힐 수 없는

여자여,
관피(觀皮)의 여자여!

당신은 내 마음에 있습니다

당신은 내 마음에 있습니다
나는 당신의 마음에 있습니까

나이가 든다는 것은
마음으로 산다는 것

격렬한 전투 끝에
세월만이 승리하여

바람 희끗한
새벽 어스름에

삽 한 자루
깊은 대지를 어루며

지난겨울을 묻고
봄을 파종하고

당신은 단단한 내 숨소리를 들을 것이고
나는 당신의 유쾌한 발자국 소리를 들을 것이고

하,

당신은 내 마음 지하에 있습니다
나는 당신의 마음 몇 층에 있습니까

서리 내린 아침

서리 내린 아침,

삶은 각성이라는 것을 깨우칩니다

눈 어두운 내게

밝히 삼천 대천세계를 깨우치라

불의 법이 매운 회초리를 치는 것이라 생각 들었습니다

정강이에 추위가 붙고

나른한 삶도 게으른 삶도 허무한 삶도

꽉 쪼여 오는 스판 옷을 입은 듯

탱탱하게 일어섰습니다

내 법당에서 사유를 쓸고

허섭스레기를 종량제 봉투에 담아 치우고

고요히 생의 찬불가를 불렀습니다

참새, 떼를 지어 떴다 내렸다

자동차들이 수미산은 어딥니까

시끄러이 경적을 울리며 떠났습니다

많은 사물이 인연이고

그 인연은 자연스럽게 사라집니다

교설의 귀가 아니라

투명한 마음의 문을 열어야겠습니다

따뜻한 햇볕이 열어 놓은 법당의 창문으로 가볍게 들이쳤습니다

기다림의 믿음

기다리는 사람은 기다릴 때 오지 않는다

내게서 온기를 피워 올리고 평안함으로 가득 찰 때

기다리는 사람을 기다리지 않아도 기다리는 사람은 온다

하루도 빠지지 않고 밥을 먹듯

기다리는 사람을 위하여 집을 청소하고 마당을 쓸고 꽃을 심어

기다리는 사람이 자기를 기다려 준 사람이 있었다는 것을 기쁘게 하자

2월도 기다렸으므로 한 해가 저무는 날까지

기다림의 짐이 가벼워질 기다리는 사람을 만날 때까지

기다리는 사람의 삶과 기다리는 나의 삶이 충만하도록

생명의 들녘 한편 푸릇한 숲에

자그마한 오솔길을 뚝뚝 땀을 흘려 만들어 놓자

바람과 하늘과 대지가 사선(斜線)에 걸린 물고기처럼

그 신비로운 몸부림처럼

기다리는 사람과 기다리는 내게

누군가가 나를 기다리고 나는 누군가를 기다린다는 것을 하나의 믿음이

되게 하자

임은 먼 곳에 2

칵테일 잔에 여러 남자를 섞어 마시던 여자,
밤은 깊고,
해운대에서, 달맞이 고개에서,

마음 밭에 가지가지 여자를 심던 남자,
만지다가, 몹쓸, 뽑아 버리고,
주정하는 여자를 봤지

큰 바다에서 흔들리던 여자와
높은 산정에서 옷자락을 휘날리던 남자는
한때 만나던 한 여자와 한 남자였어

이제,
흐드러진 봄 오일장,
여자와 남자는
깊은 단세포의 꿈을 산다

그리운 날

11호 객차를 타고 강가에 이르러

우리는 산을 봤네

산은 아주 낮은 구릉처럼 보였네

모래톱에서 두꺼비집을 만들고

손 하나씩 내고 포개 그 집에 넣었네

반짝거리는 모래 알갱이를 움큼 움큼 쥐어

강 속에 강이 흐르는 깊은 여울에 휘어 휘어 던졌네

노을이, 방랑의 노을이

수 겹의 바람을 몰아 산 전체로 퍼졌네

하늘이 전사처럼 붉어지고, 붉어지고 붉은 머리카락을 풀었네

서녘이 통째로 어둠에 헌사 됐네

우리의 11호 객차는 무임으로 대지를 딛고 있었네

그것이 우리의 그리운 날이었네

씩스 센스

사랑을 했었지

안경 낀 얼굴
비음의 목소리
어지러울 정도의 내음
싱그러운 입술
그리고 구석구석

그러나 인연의 끈도 있더라구

꼭 보지 않아도
꼭 듣지 않아도
꼭 향내 맡지 않아도
꼭 맛보지 않아도
꼭 만지지 않아도 말이야

씩스 센스,
그리움의,
나는 지금 그런 사랑을 하고 있지

청정개안(淸淨開眼)

노래가 살살 녹는다
고소하다
들 너미 하루,
노동은 빛나게 푸르고
처녀의 가슴에 노니는 풋정은 찔레 가시

곤줄박이 어디로 날아가랴

봄이 눕는다
이미 와서
드디메 산골,
따뜻한 햇볕은 수 가마나 쌓여
총각의 분주한 손길에 게으른 농기계는 몇 대

그리움은 씩스 센스

그리움은 씩스 센스
남녘의 부드러운 마파람과 온다
저마다의 설운 사정에
'그만 되었다'
푸릇푸릇한 새싹으로 몽근다
가야 할 날보다 가 버린 날이 많은 사람들의
손아귀에 호미가 쥐어지고 삽이 쥐어지고
마른 고함이 밭을 지나가고 흩어지고
어디서나 냉이 쑥 실컷 올라오면
처녀애 하나 없는 곳에서도 그 생물은 그들이 그리웁다
두 눈에 조그만 화첩으로 담아 두고두고
생큼한 봄날이 가고 장마의 여름과 폭엽(爆葉)의 가을과 모든 것이 숨어
버리는 겨울도 가고
가슴엔 파이브 센스,
강물처럼 흘러가 버리고

그리움,
만장(萬丈)의 높이로 치솟다

2월에는

2월에는 사랑하자
2월에는 화장한 여자를 사랑하자
2월에는 모두를 사랑했던 여자를 사랑하자

새싹처럼,
그러한 마음으로 사랑하자

2월에는 산모랭이를 노래하자
2월에는 들녘을 노래하자
2월에는,
꽃멍울 돋는 2월에는
생명을 위하여 죽은 여자를 위하여 노래하자

바람처럼,
그러한 흔들림으로 노래하자

그리워하자, 2월에는
숲정이 마을의 쪼끄만 여자를 그리워하자
한 방울 낙숫물로서 깊은 바닷물을 꿈꾸던 여자를 그리워하자
여윈 햇살 등에 지고 이랑 고랑을 매만지던,
거기에서 푸르르던 여자를 그리워하자

하늘 비친 강처럼,
그러한 맑음으로 그리워하자

차 4

툇마루
석양에 붉어
섬돌에
흰 고무신
두 켤레
다담(茶談)은
봄꽃이려니
가는 마음에
오는 웃음
세월은
여기에
멈춰 섰더라

기다림

기다림은
내 생명이 할 수 있는 사랑

버스로 올까
승용차로 올까

안한실, 중한실 지나
능주에서 도곡으로
가벼운 샌들 신고 올까

아니면 봄싹, 새잎으로 올까

하늘은 신선히 퍼득거리고

칠구재, 도곡온천
햇살 몰고 바람으로 올까

네 얼굴에 박힌 내 얼굴
세모 네모 동그라미 세상에서 올까

내 기다림에 아침이 묻어 있다

도곡에서 2

나즉하고 시원한 바람이 분다

청산이 흑산이 되었다

미네르바의 부엉이는 제집을 찾아가고

고조선의 수장은 신장대를 들었다

모호한 사유의 바다에서 화두를 끌어내어

바람벽 한 중앙에 붙였다

너 없이 나는 살 수 있는가

무거운 육신의 짐을 놓아 버리고

버려 버리고 쓸어 버리고

건들거리는 달이 우스웠다

점점이 새우잠을 자던 별들이 깨었다

너의 무엇을 사랑하는가

짐짓 시치미를 뗐다

봄은 오고 가슴은 커지는데

심장은 두근거리고 푸르러지는데

목메게 네 이름을 부르는

침엽수의 잎마다 날카롭느니

나는 이별을 위해 사랑했는가

2월에는 2

밤이 파랗습니다
만졌더니 뽀얗게 터집니다
갈망의 눈길로 그대의 손길을 따라갑니다

노다지의 광맥이 빛을 냅니다
터뜨려 건드리면
그대의 목에 반짝거릴 겁니다

세월을 사랑하는 사람이 있나요?

하얗게 부서지는 꽃 무더기에
맑은 서정이 붙었습니다
겨울이 따뜻하게 녹아 봄 뿌리를 적십니다

밤이 흔합니다
우리가 흔한 밤을 기꺼워하는 이유는
흔한 밤에 생명이 태어나기 때문입니다

2월에는 사랑이 사랑에게 사랑한다 말할까요?

도곡에서 3

근사한 싯구가 떠올랐다
사라지기 전에 얼른 기록해야지 하며
펜을 찾는데 퍼뜩 잠을 깼다
가뭇없다, 기억에 없다
고조선의 고인돌에서 뿜어 나온 예기였을까
집채만 한 사유를 해 보지만 부질없다, 쓸데없다

반짝이는 2월의 햇빛과
청명한 하늘이 마당에 그득 쌓이고
자동차가 그의 그림자를 달고 달린다

온몸이 나른하고 근지러운 어느 봄날의 소화(小話)다

LJK 6

진,
며칠 있으면 3월이다
봄은 벌써 2월에 와 있고
3월이면 꽃대궁이 올라와
진달래 개나리 피고
우리가 아는 꽃들도 피겠지

구름 한 점 없는 하늘은 맑고도 맑고
오후 5시 15분의 해는 서녘에 쨍글거린다

너의 가슴으로 가는 길은 왜 이렇게 먼가
봄이 오면 왜 너를 그리워하게 되는가

가깝고도 먼 산들이
서서히 짙은 오렌지빛으로 물들어 가고
넓은 들녘엔 새들이 모이를 물어 가고 있다

그러므로
조그만 나의 행복이여,
슴슴한 나의 꿈이여,

2월에서 3월로 가는 길목에서
너의 숲 나무 나무에 무릇 무릇 새싹이 되고 싶다

시

시가 시를 짓는구나

시가 시를 짓는다는 말을

이제야 이해를 하겠구나

한 필(筆) 첫음절을 찍으면

제 알아서 진양조 중모리 중중모리 휘모리장단에 맞춰

육자배기 시나위 민요 타령이 되는구나

크, 그것이 흥이 되고

미술이 되고 영화가 되고 드라마가 되는구나

시인은 없고 시가 시를 휘두르는구나

시간이 시의 먹이로구나

시간의 먹을 갈아 시간으로 시간을 쓰는 거로구나

어이차, 시란 산이요, 바다요, 구름이로구나

어엿차, 시란 밥이요, 막걸리요, 맛난 홍합이로구나

그리하여 시란 2월의 우주로구나

생생히 뛰는 연인의 젖가슴이로구나

고구마밭에 동아줄을 내리는 초생달이로구나

호, 시인의 마을에 시가 자라는 소리 들려오누나

꽃이 꽃에게

외로움은
번식의 연인
신이 준 가장 호화로운 혼수

꽃은 외로울수록 크고 탐스러운 꽃을 피운다

그리움은
가난한 마음
신이 할 수 있는 가장 섬세한 배려

꽃은 그리울수록 깊이, 깊이, 뿌리를 내린다

기다림은
신의,
신이 예비한 가장 빠른 길

꽃은 기다릴수록 포기하지 않는다

우리는

한 꽃잎 지면
우리는 겨울입니다

꽃 한 잎 피면
우리는 봄입니다

한 꽃잎 지면
사람이 지고

꽃 한 잎 피면
사람이 핍니다

피고
지는
그 시절 속에
우리는
사람 꽃이요,

겨울과
봄은
사람 꽃의
바탕입니다

그렇게
분명
겨울은 지고
봄은 피는 것입니다

사랑 하나 염주 하나

지 마음이 그래
나한테 다 들켜 놓고도
내 옆에 앉지 못하는 것은
다른 사람에게 들킬까 봐 그런 게 아니라
지 마음 엉겁결에 온 사랑 피할 수 없어서 그래
그래, 지금 지 마음이 그래
분홍 치마 지 흔들리는 마음이 그래

새들은 저마다의 목청을 갖고 있다

내 마음에 맞으면,
관(觀)

내 마음에 다르면,
불관(不觀)

어찌 마음을 속이겠는가

편안한 인생

어쩜, 올해 들어 나는 머리를 쓰고 있다
머리를 쓰기 싫다
그래서 하던 대로 살고자 한다

가슴으로 사는,
가슴으로 살아서 지극히 편안한,
그런 사람으로 살고자 한다

살고자 한다

훈풍에 흔들리랏다

비탈 산중에
작은 암자가 있다
하늘 아래 맑은 샘 곁
조그마한 네가 살고 있다
크지 않아서, 아주 크지 않아서
내 눈에만 밝은
밤톨 깎은 머리 빵모자에 씌우고
추억 하나씩 겨울과 함께 버리며
한 사람 가기 어려운 공부길
봄맞이 훈풍에 살포시 흔들리랏다

삶의 교과서는 없다

어디 크지 않은 삶이 있으랴
느티나무 그 크기만큼 크지 않은 생이 있으랴

어디 넓지 않은 삶이 있으랴
푸르른 하늘 그 넓이만큼 넓지 않은 생이 있으랴

어디 깊지 않은 삶이 있으랴
바다, 저 내밀한
깊이에 깊이가 쌓이는 그것만큼 깊지 않은 생이 있으랴

생명이 나고 끝을 내고
고요한 우주의,
보이나니 격렬한,
그러므로, 그러므로,

봄볕

죽음의 전투를 하는 사람들이 있다
나 죽고 너도 죽어야 하는,
싫다

생명의 전투를 하는 사람들이 있다
예수 하나 부처 하나
깊은 산 당골네의 기도 하나
어린 애기 나는
좋다

하지만 넓은 세상은
가도 가도 미몽의 길

토닥토닥 따스한 햇볕을 무릎에 앉혀 놓고
흔들흔들 죽음도 생명도 흔들흔들

나주호

산빛
물빛
숲에서 솟친 새빛
개가 문 햇빛
얼레덜레 봄빛

차마 고요한,

고운 욕심 들여놓고
아무 생각이 없다

시인의 세기

공동체의 시기를 지나

개인의 시기를 거쳐

우리는 거대한 시인의 세기에 이르렀다

우리는 우리의 삶을 그때마다의 역사로

곧바로 판석에 새기지 못했다

그러나 이 세기는 그렇지 않은 것이다

우리의 삶을, 우리의 사랑을, 우리의 말초 신경까지

하나하나 직관의 힘을 빌려 당장 역사화하는 경지에 다다랐다

역사란 과거와 현재와의 대화라는 역사학의 고전적 명제는 후대들의 몫

으로 전가하고서

그렇다면,

이 역사화는 어디에 동력이 있는가

공포에 있는가

달기똥 같은 전쟁의 피해자의 눈물에 있는가

아니다,

우리의 살점과 영을 뜯어내는 성찰에 있다

가난과 부를 떠나서

욕망과 무욕을 가리지 않고서

생과 멸의 구분을 넘어서

그래서 우리는 모두 승리자가 되는
시인의 세기에 살고 있다
그만큼 우리는 대상과 접촉의 면을 늘린 것이다
코끼리의 다리를 잡고 있는 소경이
코끼리의 귀를 만지는 소경에게
코끼리는 어떻게 생겼냐고 묻는 것과
매한가지의 행위를 하고 있는 것이다

21세기여,
아무라도 시인인 21세기여!

사랑의 조건

질척거리지 말자
서성이지 말자
아예 너에게 닿지 말자
닿지 않는 손으로
해방의 이별을 건네자

사랑이란 낮은 곳에서 이루어지는 것이어서
바다처럼 낮지 않으면 깨어지기 십상이어서

무거워서 무서운

시작을 모른다
시작이 끝이 나면
그때야 시작이 보인다

지나가야 하나 보다

너에게 줄 오징어볶음을 싸 들고 간다
맛있는 된장찌개를 해 줘야지
밑반찬은 무얼로 할까
냉장고가 비었다면 냉장고를 가득 채워 줄 것이고
우럭회도 떠 가고
무며 대파 양파 감자 시금치 당근도 데려가고
각종 양념거리는 떨어졌을까

너는 '지금' 내가 무얼 하고 있는지 모르지?

지나고 보면 알 테지

지나지 않아도 아는 사람들은 잠들지 못하고 있다
오롯이 제 시선을 가지고 우리가 '늪'이라고 부르는 곳을 탐사한다

겨우겨우 힘들게 탐사하다 탐사의 연장을 던져 버리고, 던져 버리고,
던져 버리다 다시 잡고,

그래서 '지금'은 무겁다
무거워서 무섭게 다루어야 한다
시간은 '지금' 외에는 없으므로
우리의 생은 '지금'의 저금이므로

암호

여자의 암호를 해독하려는 순간
남자여, 너는 뻘밭에 빠지게 된다

암호는 쉬우나 어찌나 많은 암호로 구성되어 있는지

그리하여 주의하라 특히 말 없는 여자의 암호를
그 여자는 너에게 관심이 없기 때문이다

그리하여 홀로 걸어가는 여자를 사랑하지 마라
그 여자는 매일 새로운 암호를 만들어 내기 때문이다

남자여,
노동의 생이 끝난 남자여,
바람이라는 암호를 가진 남자여!

사랑에 속고 싶다

보고 싶다
부르고 싶다
만지고 싶다
돌아서면 돌아서지 않게 하고 싶다

재 너머 노란 개나리 덤불 너머
벚꽃 봄바람에 흩날리고
수선화 피는 곳에

그곳에

함 께 있 고 싶 다

오늘 하루

하늘 높은 하늘 맑아서 투명한
능선 따라 능선이 곱게 굽어 가는 곳

거기, 오늘 버스는 몇 대나 오갔습니까

붉은 놀 개울을 적시며 흘러
버들치 피리 통통 튀어 자맥질도 붉은 곳

거기, 오늘 승용차는 몇 대나 오갔습니까

아침 서리 봄볕에 사그라들고 아지랑이 어지러운
사람이 곧 꽃인 사람 꽃이 피는 곳

거기, 그대 지지배 같은 마음
오늘 하루 얼마나 행복했습니까

편지

모두가 뽑혀 간 후
유독 그대의 자리가 허전했습니다

겨울이 지난 계절로 밀려난 뒤
겨울의 노고를 새삼 깨달은 것처럼
그대가 나와 한자리에 없을 때
나는 비로소 그대의 존재감을 깨달았습니다

바보 같지는 않았습니다
어리석었던 거지요

나는 지금
봄 자리에 있습니다
봄에는 봄이 주는 온갖 메시지를 잘 들어야 하겠습니다

그리고 그대가 떠난 이곳에서
튼튼한 삶을 만들어야 하겠습니다
그대를 만나지는 못하겠지만
그대를 잊어버리지는 않았기에
그대와의 연은 끊어지지 않았다고 생각하며
우리의 생명 줄인 이곳을 꿋꿋하게 지켜 나가겠습니다

바람이 붑니다
포대에 한 가마 담아 그대에게 보내 드리겠습니다
3월의 바람입니다

우주의 불편함과 다투는 사람

비 갠 뒤 무지개 밭
씨앗을 심는 사람 있다
무지개 밭이 곧 사라질 것을 알기에 편안하게 씨앗을 심는다
그러나 우리 곁에는 죽지 않는 사람이 많다
불편한 불안과 공포와 음울한 선율 속에
결코 사라지지 않으려는 사람이 너무 많다
떠날 때를 알고 떠나는 사람은 편안한 것을

또
사라지고 죽는다 해서 편안할 것인가
사라짐도 사라지고 죽음도 죽어서
모든 인연이 끊어지고 그 끊어짐도 끊어져
마저 안식의 해탈에 들어서 그 해탈도 해탈해서
허무나 무허에 도달해
시공을 떠난 새로운 존재 형식 속에 존재하여야 편안한 것

나는 죽도록 열망한다
편안하고 싶다

봄바람

사랑은 봄바람인가 보다
내 안, 여기까지 불어왔네?
달큼한 솜사탕처럼 몽실몽실해
꽃 좋아하는 네게 어떤 꽃 주기 위해
들판을 헤집고 다니기도 하고
푸른 하늘에 물든 삼베옷 너끈히 갈아입어
세자골 나주호 물새라도 날으랴 싶으면
순결한 마음이사 못된 마음 쫓아내지
네 하나 거친 풍파 거뜬히 이겨 내기도 하련만
자꾸 걱정되는 건 3월의 내 일이야
내 손에 넣지 않는 소유의 강물이 흐른다
그 깊이에 빠져 자맥질이라도 해 볼까
마당엔 철 지난 겨울의 흔적이 남아 있고
나는 법당에 들어 염불 삼매경
존재로서 만나 아주 깨끗한 물 한 잔 건넬 수 있는,
그리하여서 너는 따뜻한 봄바람의 보살이다

한 치 앞을 몰라서 사는 게 재미가 있지요

파란 고양이 눈 속에
파란 고양이가 산다

노란 개나리 꽃망울에
노란 개나리꽃이 핀다

그 옛날 네 눈물 속에
네가 들어 있었다

무엇인가
이것은

변이의 한마디련만
짱짱한,

사자를 잡아먹는 누 떼
곰을 갈가리 찢는 연어

이제 더는
개울에서 용이 나오지 않고

하얀 침을 쏘는
노을

무엇인가
이것은

변이의 마디를 다 훑어보아도
불충분한,

그래서
무엇을 구하는
수많은 방랑의 써치

뇌가 100도씨로 흥분하고 있다

세상길 따라 나그넷길 따라

가고자 하는 길을 가지 못했다네
소쩍새 우는 밤에 울었지

끕끕한 길을 걸어야 했다네
보름달마다 커다랗게 슬펐지

하지만 이렇게 걸어온 길도 나쁘지는 않다네
아직 살아 있는 것으로 봐서

아야,
앞으로도 걸어가리
시렁시렁 세상길 따라
구부구부 나그넷길 따라

마음 길

어두워야 보이는 마음 길
새까맣게 태워야 드러나는 마음 길

그때야
밝은 연꽃 세상

외로움도
그리움도
기다림도

아이처럼 예쁜
마음 하나
연등 길

로드킬당한 고양이를
길가에 휙 던지고 간다

쌀쌀하다

쌀쌀하다
감기 걸리지 않게 두꺼운 옷을 입어
오늘 같은 날은 마음에 없는 말은 되도록 음, 하지 말고
가슴 아픈 추억을 불러 톡톡 화톳불 안에 던지며
희게 변색된 그것을 너는 볼래?
울음 같은 네가 별 밝은 하늘에 울음을 다 쏟아 내고
흩어져 가는 바람처럼 미련 없이 아픔을 내버릴래?
내 사랑이 네 두꺼운 입술을 떠난다
떠나서 나 홀로 쌀쌀한 마당에서 찢어진 마음을 기운다
쌀쌀해서 쓸쓸한 내 삶을 전자레인지에 따뜻하게 데운다

동그라미는 무한대의 각이다

바람은 형체 없는 철학
봄비에 바람이 묻어 내린다
초로의 청춘이 가슴에서 뛰고
잃어버린 의문이 낙지처럼 찰싹 붙는다

형제여,
어디에 있소

아름다운 여인이 있어 이곳은 아름다워
꽃비에 머릿결이 젖어 숨 막히고
차꼬에 묶인 존재의 도피처
혁명의 디데이를 자꾸 미루게 한다

형제여,
무얼 하고 있소

길

길은 길을 걸어야만 논할 수 있는 것이다

새파란 하늘을 더듬는 구름의 손길
마구잡이로 새벽을 흔드는 바람의 손길
들녘의 어디나 시큰둥한 농부의 손길

어쩌랴,
반듯한 길이든 굽은 길이든
길은 가기 어려운 것이다
꽃길이든 가싯길이든
길은 어마어마한 생인 것이다

사태와 농과 강박 관념(숫자 10의 마법) 사이

무궁화꽃이 피었습니다
이승만이 살아 있습니다
매화가 펑펑 터졌습니다
이승만이 살아 있습니다
개나리가 잿길 가상이에
눈물을 이겨 새롭습니다
이승만이 살아 있습니다

계절은 가고 올 것이지만
가고 가야만 하는 것들이
남아 있고 오고 와야 하는
것들이 오지 않고 있습니
다 무궁화꽃이 피었네요
이승만이 시퍼렇게 살아
있습니다 대한민국 만세

죽음

죽음은 우주와의 소통

사랑하던 네가 멀리 가고
난 알았네

이 열병엔

하늘이 높고
별이 뜨고
강이 흐르고
산이 고요하게 서 있고

모두가 모두에게 벗어 버리는
비밀이 있음을

여태 보지 못했던
생명의 바다가 있음을

아름다운 삶

우리가 아름다워서
아름다운 충만을 만듭시다
그렇게 만든 충만을
우리의 아이들이 마음껏 누리고
또 그들의 아이들에게 물려주도록 합시다

우리가 치열하게 고뇌하여
생명의 삶을 만듭시다
그러한 삶을 만들어서
우리의 아이들이 즐겁게 노동하고
또 그들의 아이들에게 좋은 본이 되도록 합시다

이제 미학과 삶은 한 형제입니다,
자매입니다

제2의 고향

사랑은 행복한 가난
이론화되지 않는다

물 맑고
산 좋고
햇살 따스한,

너의
무한대의 감각과
상상이 싱싱한 곳

너를 사랑하여
내 스스로 가난한 곳

봄의 길목

봄의 길목
누군가가 생각나는,

아주 먼 시간의 전에 만났던 사람
함께 서로의 흰 이를 사랑하여
햇빛처럼 빛나고
출렁이는 노을 속에 제 몸 던질 줄 알았던 사람

그 사람
다시 만져 보고 싶은 사람

까만 마음 밭을 매고
작은 씨앗을 심는 내게로
봄이 왔으니
봄만큼만 왔으면 하는 사람

봄에는
개나리처럼
노란 원피스 입은
봄의 길목에는

몹시도 성가스러운
아지랑이 꼬물거리는
꽃 가슴들 데리고
너도 왔으면 하는 봄에는

동이(同異)의 향방

나 같지 않은 그녀는
나 같지 않은 사랑을 한다

그럴 짝이지만
서로 같지 않은 사람은
한 땅덩이에 산다
지성의 한기가 아니라
감성의 온기로 산다

나와 다른 그녀는
나와 다른 행복을 한다

그러나
서로 다른 사람은
한 끈에 이어져 있다
바람이 아니라
한 바다로 이어져 있다

우주,
오, 그만의 우주!

너와 나, 서로의 추억 서랍

너를 놓아 버리자

뿌리 잘린 풀마냥 나는 숨이 푹 죽었다

그렇지만 너를 버리지는 않았기에

내 추억의 서랍 한편에 곱게 접어 간직하리라

어느 따스한 봄날의 일이었으니

그만한 일이 남풍보다 더 살랑거렸고

해 저물어 가는 들녘보다 더 넓었다

나와 같이 네가 그렇게 한들 우리에게 무슨 부끄러움이 있으랴

몸 멀면 마음 멀어지고

차게 웃고 뜨겁게 울면 생의 가닥가닥이 잘 풀어진다더라

건너 울 파랗게 굽어 가는 길에

꽃멍울, 심사가 가파르게 바쁘고

너와 나, 서로의 추억 서랍 속에서 고라니처럼 뛴다

편지 2-가난한, 그러나 가난하지 않은

인생길을 걷다
삐끗 엎어졌습니다
가난했기 때문입니다
가난한 사람들처럼 가난했기 때문입니다
건강이 가난했고
돈도 가난했고
사랑마저 가난했기 때문입니다

그러나 일어섰습니다

내겐 마음의 빛이 있었고
사물을 사유하는 힘이 있었고
삶을 직관하는 시를 만들어 낼 수 있었기 때문입니다
가난하기에 가난한 사람들의 가난한 생을
나로 하여 위로하게 할 수 있었기 때문입니다
가난은 비자립적 소유 형태가 아니라,
남에게 쉬쉬할 부끄러운 것이 아니라,
당당한 자립적 소유 형태라는 것을 자신할 수 있었기 때문입니다

봄 가뭄입니다
다디단 봄비 한 줄금 기다려집니다

원 코리아

나는
뜨거운 생명의 나라,
원 코리아에 산다
죽음마저 꽃피워 내는 나라,
하나의,
원 코리아에 산다

또
그 나라의
시인으로 산다
살아서
만세의 귀감으로 남을
이 나라에 시를 쓴다

하나의,
그 나라의,
무엇도 함부로 할 수 없는
역사의 찬란한 빛과
억센 인민의 힘을 쓴다

미래와
오, 지치지 않는 세계의 근육,
조국,
원 코리아를 위하여!

좀 칼칼하게

봄,

입맛이 없다
뭐가 입맛을 돋우려나.

봄동겉절이?
아삭한 오이소박이?

몸이 제풀에 풀린다
무엇이 아른거려

동네가,
높이 선 송전탑이,
자동차 소음이 가득 찬 아스팔트 길이,

출출 봄비라도 내렸으면...

생각이 왜 시시할까
교통사고로 입원한 친구와의 통화가 심드렁하다
어른 봄 애기 봄 하늘이 옥색 비스끄름하다, 하품이 나와
꽃이 언제 이랬지? 느물거린다

사는 게,
좀 칼칼했으면...

평화

봄볕 좋은 아침,
의자에 앉아 있는 내 앞에
고양이,
찢어지게 기지개를 켠다
배를 드러내고
눕는다
꼬리를 살래살래

흐-음
세상에서 가장 치열한 평화!

산수유

이마에 굵은 세월이 박힌 할머니가
쪼그리고 앉아 호미로 밭을 매고 있었어
살랑살랑 낮은 봄바람이
할머니의 손등을 가볍게 두드리며 지나갔지
까맣게 그슬린 얼굴 무심한 눈빛으로
몸빼에 넣어 둔 담배를 꺼내 불을 붙이고
주전자에 담아 온 시원한 물을 한 사발 하구, 권했구 말이야

꽃가마 타던 때,
산골에서 산골로
숨 막히게 답답하더니다
열일곱 청춘이 원망스럽더니다
그래서 눈물이 나고
노을이 한없이 잉걸불 같더니다

할머니는 견디고 있었어
아무리 주먹질을 해도 무너지지 않는 하늘처럼
할머니는 둔탁한 몽둥이였어
조그만 여자가 내지르는 최고의 함성이었지
내가 자리를 떠나자
할머니는 할머니의 정원, 그 밭에서
노란 산수유 같은 내바람을 했구 말이야

참 좋은 날

소유는 노예로 가는 길이요,
존재는 주인으로 가는 길이다

숲길에서 만난 장끼,
인기척에 줄달음을 놓는다
푸른 하늘이 나무 사이로 듬성듬성 보이고
햇빛은 저렇게나 눈부신지

해원네 앞,
개울은 어찌 됐을까
기계 소리와 함께 떠나 버렸던
피리 송사리 붕어, 돌아왔나

인간, 그까짓 것 뭐 하러 그리느냐는
탁견을 가진 화가의 집에서
뚱딴지 차를 얻어 마신다
따뜻하고 구수하니 아주 달다
조용하게 이런 얘기 저런 얘기
이러다가 밤새우겠다 ㅎ

집에 갈 타이밍을 잡아
어머니를 모시고 나오는데
얼마 전 어머니를 여읜 화가가
어머니를 살뜰히 보필하여
멀리 주차장까지 내려와 모자를 배웅한다

돌아오는 길에
저녁놀이 유난히 붉었다

산마을

고적한 산마을은 작다
키 작은 사람들이 살고
분수에 넘치지 않는 기쁨과
까만 밤 싸리울 너머
잠자리도 작다

매화꽃 빵빵 터지는 삼월의 산마을은
시간이 참 작다

봄이어서

내 영혼 어디로 가나
아지랑이를 타고 기어오르는
흐물거리는 빛,
바위처럼 꽝꽝한 겨울을 지나
풀풀 먼지 날리는 도로의 봄,

헬 수 없는 여자와 사랑하고 싶다

승려의 거처

봄밤,
별 밭 지심을 매는
승려의 손엔
하늘 닿는 호미 한 자루
가슴엔 낡은 추억이 닷 말
빨간 입술 잊히라 했는데
그 언덕의 그 사람 잊혀지라 했는데

열여드레 밤 별은 두엇,
심장에 가까이 와 다오 느리게
그러나 확실히 와 다오 까맣게 탄 허공에
비린 정어리 같은 별아, 실컷 눈 속을 헤엄쳐 다오

기운이 무르익지 않았다

맑은 유리알을 꺼내 면포로 닦자

사막이 드러나고

쪼그리고 앉은 낙타가 질겅질겅 이빨을 씹었다

오아시스는 멀고 목이 말랐다

작고 긴 도마뱀,

섭씨 50도의 모래톱을 재빠르게 튕겨 갔다

샛노란 화염으로

동그랑땡 같은 태양은

이역의 어느 시전에 풀어 놓을 짐을 실은

대상의 뒤를 쫓아 줄줄이 뱀 길을 걷고

적요한 뜨거움,

이 생생한 건조함,

발길에 채는 모든 것이 밥이려니!

그러한 간결하게 살자느니

아직 때가 이르지 않았다

동물이어서 식물이 되고 싶은

동물이어서 식물이 되고 싶은,

새

산처럼 살고 싶어 산이 된,

산새

그랑 나랑
어우렁더우렁
푸른 하늘에

가슴 터지는,

3월의 새

바다와 오월과 흔들리지 않는 이들

벌판에
낯선 이들이
아까쟁끼 바른 콤플렉스를
쓰레기봉투에 담아 와 버렸다

벌판은 바다와 같았다
무엇이든지 다
받아들이고
그저 제 몸 깊게 흔들어 댔을 뿐

벌판에서
시퍼런 녹색 물결이
잔뜩 출렁거려도

흔들리지 않는 이들이
흔들리지 않게 왔다가
흔들리지 않으며 돌아갔다

3월의 그리움

산마을 매화 너울
바람을 감아 희게 깨어지네
길손 하나 언덕에 멈추어 서서
석양의 하늘가
마음이 붉어지니
외로움도 짝이 있다는
어느 선인의 말이 떠올라
퍼뜩, 3월의 사람 그리워지네

봄 마중

이른 아침에 깨어 보니
매화 향 찻상에 날아와
찻잔 속에 깜박깜박 졸고 있네
찻물 끓여 한 잔이면 더한 봄 마중은 없으리

기다림 2

한 날이나 열흘이나 스무 날이나
기다리는 사람은 오지 않습니다
내 속은 까만 가뭄입니다
타들어 가는 봄 가뭄입니다
내가 기다리는 사람은
오지 않는 기다리는 사람은
목마른 청춘이 지나고
화장으로 얼굴을 가려야 하는 사람입니다
봄꽃의 운명처럼 피고 질
봄꽃의 사명처럼 흔들릴
기다리는 사람은
내가 목을 늘여 한없이 기다리는 사람은
살랑이는 봄바람 치마를 입고 오실 사람은
서울이나 대구나 충청도나 제주나
어디서나
좋은 향을 살근살근 뿌리며 오실 사람은
눈물의 바다로 와
푸르른 대지를 젖가슴에 심어 갈 사람입니다
일곱 날이나 칠십 날이나 그것보다 더 많은 날이나
내가 기다리는 사람은
내가 기다리고 기다리고
기다려야만 하는 사람은

비 갠 뒤, 하늘은

비 갠 뒤, 하늘은
그 맑음이 흡사 유년에 가지고 놀던 푸른 유리구슬 같습니다

동그란 동심에 담긴
자그마한 세상
거기서 맴돌던
엄마의 높은 목소리

하늘이 다 무너지면
이 빛깔만 남는다는데
양지바른 들녘의 한가운데서
쏟아지는 유리구슬을 줍기 위해
나는
구겨진 딱지처럼
느리게 몸을 구부립니다

까마귀 밤

여자가 하나 올 때가 있고
여자가 여럿 올 때가 있다

매화 향 뭉근히 코끝을 감도는 봄밤엔
여자 여럿이 오고
풍설 에이는 겨울날의 날카로운 밤엔
여자 하나가 온다

가슴이 바다만큼 부풀어 오르는 봄밤엔
여자 여럿을 초대할 수 있고
가슴이 눈곱만큼 쪼그라드는 겨울밤엔
여자 하나만 초대할 수 있기 때문이다

그러나
꿈에서 깨면
나 홀로 밤
아무 여자도 오지 않는 까마귀 밤
가슴만 빨간 밤

말을 버리는 방법

한번 들어오면
절대 빠져나갈 수 없는 곳,
네가 내 추억 속에 산다

하늘은 푸르고
대지는 드넓고
강물 힘차게 굽어
뼈마디를 우뚝 곧추세우는 곳,

봄이면 온갖 꽃들이 활개를 피고
겨울이면 함박눈 세상이 되고
알 수 없는 칼칼한 힘이 거침없이 다가와
모두가 하나의 절봉으로 자신만만한 곳,

가슴엔 우레가 치고
심장엔 번개가 번쩍거리고
옹이 박힌 손엔 굵직한 연장을 들고
뜨거운 태양과 맞대거리를 하는 곳,

그곳엔 바람도 산다

어떤 여자

봄바람 분다
살푼살푼? 아니다, 기실 태풍이다
씻기지 않는 끈적한 체취,
여자는 사랑하지 않는 남자와 사는 법을 안다
홀로 살기에는 부적절한
남의 떡을 쥐기에는 부담스러운
나는 열아홉 처녀가 아니다
순정은 가득하나 헤프게 흘려서는 안 되는
나는 아줌마다
목로주점 오래된 전등불 아래 흔들리는 가슴에
술이라도 부어야 닷 되라도 들이켜야
거짓말처럼 가슴이 흔들리지 않는다
빨갛게 취하여 빨갛게 입을 토해 놓는 여자는 아이도 있다
우아한 손짓엔 다이아 반지 번뜩이고
실크 스카프 단단하게 목을 조이는데
여자는 하루만 산다 여자는 미래가 없다
과거는, 여자뿐 아니라 남자도 마찬가지지만
그다지 중요한 게 아니다 가끔 술안주로나 필요할 뿐
울거나 웃거나 남을 속이지는 않는다
삶이 엉망진창이어도 여자는 산다, 남자와 산다

아이의 삶도 대신 산다 여자는 사랑하지 않는다

처녀는 사랑을 살지만

아줌마는 처녀의 사랑을 만들어 내는, 감싸는, 튼튼한 껍질을 산다

그러므로 처녀를 배신하는 것은 절도죄이지만

아줌마를 배신하는 것은 인프라 파훼 죄이다

결코 횡령당할 리 없는 서리태 같은 속을 다 보이고 여자가 일어선다

작은 여자가 일어선다

불빛도 일어서고

사랑을 믿지 않는 여자의 사랑도 일어서고 피로한 삶도 일어선다

말을 버리는 방법 2

여자는 사랑이 아니다, 교과서다
교과서를 읽다가 사랑할 수 있겠지만
사랑도 교과서가 될 수 있겠지만
남자에게 여자는 그렇게 다가설 수도 있겠지만
하지만 여자에게 남자란 사랑이 아니고 교과서도 아니고
그저 쓸쓸함의 일회용 해소제다

꽃샘추위 매운 새벽,
여자는 무섭고 남자는 답답하다

말을 버리는 방법 3

멍청한 여자가
세상이 다 멍청하다고 한다
여자는 멍청할까, 아닐까
멍청한 여자와 닮은 또 다른 멍청한 여자가 있다
그렇지만 또 다른 멍청한 여자는
세상이 멍청하다고 말하지는 않는다
입이 없기 때문이다, 입술은 있지만
그 여자는 멍청할까, 멍청하지 않을까

두부를 썰어 김치찌개에 넣는다
양파 다시다 고추 대파 김칫국물 진간장 아주 쪼끔 고춧가루 고추장 된장
티스푼 한 젓갈 돼지 목살, 다 넣었나 간을 보고 약간 짜게 새우젓 약간
흠...

겨우내 올 수 없었던 훈풍이
활짝 열어 놓은 법당에 들이친다
비는 오지 않고 먹구름만 비일비재
여자를 만나면 뭐라고 해야지?
도우미 데리고 노는 노래방에 가도 될까요?
좋은 그림을 감상해도 될까요?

변태를 어떻게 생각하세요?
근친상간에 대한 귀하의 고견은요?
수천억의 단백질 세포를 죽인 것은요?

공산주의자에겐 조국이 없는데
다원공산론자인 나에겐 조국이 있다
시인이긴 하나 진실한 시인일 필요는 없고
난봉꾼이기는 하나 순정파일 수도 있다

김치찌개가 팔팔 끓는다
아직 손맛이 부족하군
완벽한 공간은 캐치할 수 없다는 것을 알려 주는
국그릇에 찌개를 퍼 담고
밥을 푸고
짜증 나는 머리를 식히기 위해 입을 놀린다
이 없이 꿀떡꿀떡
야아 사는 게 뭐 이러냐? 목구멍으로 쏘옥

후식?

오늘은 멍청한 여자와
또 다른 멍청한 여자를 데리고
파란 에스프레소 한 잔 마시고 싶다

세월이라는 계절

세월은 오고
가슴엔 네가 피었다

아직 세상은 두꺼운 옷을 입고 있지만
훈풍에 옷을 벗을 것이다
스무 살 처녀가 미니스커트를 입듯
세상은 싱그러운 환복을 할 것이다

마트에 쑥과 달래가 나왔다
된장국에 쑥을 넣고 달래무침에 오이를 버무린다
봄동겉절이가 떨어져 간다
배추겉절이를 해야 할까 보다

겨울은 남보다 나를 먼저 생각하게 하지만
봄은 나보다 남을 먼저 생각하게 하는 계절

솜사탕마냥 달큰하게 부푼 마음 거기에
빛이 밝고 하늘이 푸른 힘줄을 세우는 것처럼

매화 향 하얗게 허공에 부서지고
산골엔 새소리 시끄러이 흩어지는 것처럼

희망

절망스러울 때
절망하자
그 절망마저 절망스러울 때
절망의 바닥까지 절망하자

그런 후에

희망을 하자
희망의 밥을
희망의 옷을
희망의 집을
희망에 희망을 쌓으며
희망의 정점을 희망하자
희망의 간절함을 희망하자.

보리수 그늘 아래

보리수나무
새들의 날개는 튼튼한가
나는 새들의 날개를 달았다
새들의 날개를 다는 것은
날아오르기 위함이 아니다
지상에 가볍게 내려앉기 위함이다

언덕에서 노란 더위가 몰려오고
방금 찐 감자가 푸슬푸슬 쪼개졌다
사람들이 서로 카메라를 들고
서로의 인생을 찍었다

보리수 그늘 아래서
나는 가부좌를 틀고 앉아
마른기침을 뱉으며
갈라진 땅을 기웠다

사랑

사랑을 할 때 살아 있음을 느낀다
온갖 낯섦이 낯익음이 된다
사랑은 거죽이 아니라 속과 속이 만나는 것이다

파랗게 움이 터 오고
꽃눈이 바시락 눈꺼풀을 밀어 올리고
겨울이 기억에서 멀어질 즈음

손에 손을 잡고
멋진 모자를 쓰고
나들이에 나선 연인들의 지저귐을 들으면
마음 한 귀퉁이 먹먹하다
괜스레 돌멩이를 탁탁 차고

사랑은,
봄인 것이다

봄날

용강재 개나리 피었드라
잿길 가장자리 목련꽃 피었드라
재 너미 처녀 매화 향 펑펑 가슴도 퍽이나 피었드라

도암에서 도곡 오는 길,
길 따라 맑은 개울 소곤소곤 흐르드라
파란 산 그림자 한 자가웃은 잠겨 흐르드라
욕심도, 욕심도 없이 마냥 구름도 기쁘게 흐르드라

허겁지겁 네 숨소리 속 깊은 네 말소리
잊힌 네 청춘의 삽화처럼,
'우리, 인연의 끈을 놓지 말아요.'
'암, 난 지우개가 아니야.'
콕, 네가 내게 박히드라
이 좋은 봄날,
단무지가 김밥에 박혀 있듯
네가 내 숲우듬지에 박히드라
너와 나의 기우뚱한 세월이
아무도 모르게 박히드라

세상에 너 없는 홀로인 것이

한때는
너 없는 홀로인 것이
너무 슬펐다

몇십 번의,
봄 겨울이 땅에 묻히고
가을 여름이 하늘로 떠날 때
너 없는 홀로인 것이
아주 무덤덤해졌다

그리고
약간 개명한 나이가 되니
너 없는 홀로인 것이
매우 무서워졌다
세상에
너 없이 홀로 살아가는 것이
굉장히 용감해야 한다는 것을 알았다

봄에 우리가 발견할 수 있는 것

나는 문을 열었습니다

산과 하늘과 들녘의
물고기처럼 탱글하게 파닥거리는 소리,
그 소리에 봄이 뛰어다니고 있었습니다

어지러운 나라 안팎의 소리들이
제 소리를 들어 보라 하지만
나는 '봄이 오는 것만으로도 세상이 나아지고 있다'는 시인의 웅숭깊은 속내
를
음미하고, 새겼습니다

밝은 태양이 따스하게 대지를 덥히고
사람들의 옷차림도 한결 가벼워졌습니다
부지런한 농부들이 논을 뒤집어엎고
한 해의 농사를 준비하고 있었습니다

나는 계절의 시작점에 서 있습니다
나는 푹 썩고 싶습니다
썩어서 한 그루 나무,
한 포기 풀,
그 뿌리의,
거름이 되고 싶습니다

하나의 단단한 질문이 되는 것

산이 있고
나도 산으로 삽니다

거친 바람이 불고
폭우가 내리고
한설이 몰아칩니다

산으로 산다는 것은
이긴다는 것이 아닙니다

받아들이는 것,
견디는 것,

그리하여 하나의 단단한 질문이 되는 것

봄비 4

사랑하지 않는 사랑을 뿌리치고 떠난
여자는 예쁜 몸매를 가지고 있었다

여자의 열차는 반도의 끝에서 끝까지 달려
드넓은 중년의 종착지에 도착했으리라

여자는 늘 꿈을 꾼다고 말했었지
이젠 약간 개명(開明)한 20대로 살아갈까

청춘을 함부로 팔던 여자는,
여자를 목련꽃이라 함부로 부르던 나는,

다시 만날 아무 이유도 없는 우리는,

봄비에,
다시 봄비에,
푹 젖어 들었다

봄비 5

언덕에 말을 매었습니다

기다림에 지쳐
세월보다 빨리 달리는 말을 타고
세월보다 더 빨리 그대를 만나고 싶었기 때문입니다

어서 그대의 얼굴,
그대의 상념의 깊이를 들여다보고 싶었기 때문입니다

꺼칠한 그대의 손과
얄궂은 그대의 입술을 얼른 만지고 싶었기 때문입니다

비는 내리고

내리는 빗속에
나를 기다림마저 지쳐
세월보다 빠른 말을 타고
세월보다 더 빨리 올 그대를 위하여
언덕에 말 맬 말뚝을 하나 더 박았습니다

하지만

그런 그대는
지상에 없으리라

세월보다 빨리
말보다 더 빨리
의심케 되었습니다

빗물에 젖어서

'머~엉' 중에 떠오른 그대

'머~엉' 중에 떠오른 그대,

한 줄 싯귀나 되거라!

차 5

개울에 파란 물결
당신이 흔들려서 나도 흔들렸습니다

꽃으로 발그레 물든 봄날
당신이 울어서 나도 울었습니다

산등성에 푸른 잎 돋는,
환하게 밝은 햇빛 속에서,
당신이 헤어지자 해서 나도 당신과 헤어졌습니다

그러나
지금도 당신은 내 곁을 서성이고
나도 당신 곁을 서성이고 있습니다

찢어지게 좋은 아침,
나는 당신에게 가슴 걸리는 말을 우리고
당신은 내게 청춘의 아픈 편린을 보여 줍니다

봄비 6

바보 같은 여자를 사랑했네
사랑 따윈 전혀 모르는 여자를 사랑했네
그럼에도 쓸쓸해서
단지 쓸쓸함을 이겨 내기 위해서
여자의 속은 보지 않고
여자의 거죽을 사랑했네
세월은 가고
세월만이 나를 사랑하여
시간으로 내 온몸을 감쌌네
몸이 열로 가득했던 여자는
남자의 사랑을 하찮게 여기던
여자는
비린 고등어 같던
그 여자는
이제 밤을 즐기지 않으리라
번식을 위한 청춘의 살냄새를 풍기지 않으리라
탯줄이 끊긴 자리에
이기(利己)의 모유를 빨던
빨간 사과 한 알의 여자는
멀리에서 가까이
봄비로 다가오는
여자는

봄비 7

꽃이
하나하나씩
색이 깊다

그 거리에
인파(人波)의 물결 자리에

꽃은 피고
흘러가는 화파(花波)

두 눈은
너를
사랑하여서

바다를 담은
두 눈은
너를
깜박깜박
사랑도 하여서

흠뻑
비라도 내리면
온몸에
가뭄은 없다

봄비 8

기쁨에 안주하지 말라
슬픔도 있다

그렇다고

슬픔에 주저앉지 말라
기쁨의 날이 곧 함께할 것이기 때문이다

인생은
살아서 죽고
죽어서 사는 것

인생은
사랑해서 미워하고
미워서 사랑하는 것

비 온다

펑펑
하늘에서 땅까지

봄비 내린다

길이 있었으나 누구의 길도 아닌 길을

차는 터널에 들어섰다

수염고래의 목구멍에서 나는 급히 등을 켰다
위장을 한참이나 달려 항문을 빠져나오자
망자의 혼불처럼 빛이 한꺼번에 차체로 들이쳤다
함몰된 의식을 차창 밖으로 던졌다

길이 있었으나
누구의 길도 아닌 길을
뒤로 자꾸만 밀어 내며
목적지로 굽어 들어갔다

생명마다 푸른 아우성을 지르고 있었다
흰 아우성을 피우는 것도 있었고
노란 아우성으로 물든 것도 있었고
곧 아우성을 토할 준비를 하고 있는 것도 있었다

새들의 노을이 산머리에서 울고
칼끝 같은 두엄 냄새가 코를 찔렀다
배꼽을 찬양하는 염불 소리가
알싸한 식사 자리에 초대되었다

목련

나는 하얗게 부서졌습니다
그때가 목련의 계절이었죠?

당신의 사랑을 기다리다가
당신의 쓸쓸함마저 사랑하다가
꽃잎 하얀 꽃처럼 쑥스러워하다가

나는 당신의 무릎에 떨어졌습니다

아주 길었던 봄날의 오후였습니다
내 안에 당신의 몸부림만이 남았던 오후였지요

목련의 빛이 목련의 빛을 넘어서지 않고
사랑도 도를 넘지 말아야 하는 것이었음을

당신의 입술과
목적지가 다른
내 입술을
깨물어서 깨달았던
흰 세상의 일이었지요

봄에는 사람이 그립다

현실에 몸이 닿는 순간
몸이 경기를 일으킨다

여자는 예뻐야 하고
남자는 재력을 가지고 있어야 한다

1밀리미터도 안 되는 피부를 벗기면
여자는 정육점 돼지고기가 되고
기껏 백 년도 넘길 수 없는 수명에
남자의 부는 터지기 쉬운 물거품인 것을,

아
봄에는 사람이 그립다
여자가 아무리 예뻐도
남자의 재력이 아무리 막강해도

봄에는
봄에는
봄을 숨 쉬는
그 사람이 그립다

사이

그대와 나
꽃잎과 꽃잎 사이

미니스커트 무릎과
부드러운 손아귀 사이

맑은 햇살과 햇살 사이

그 옛날의
흔들리던

사이와 사이사이

어느 봄날의 오후에는

3월의 봄
여자를 태우는 매캐한 연기
그 속에
살점이 익고
툭툭 갈라지는 입술
여자의 배가 꾸륵거리고
발가락 끝으로
정령(精齡)이 빠져나간다
산 사람은 살아야지
죽음마저 넘어서서
그렇지 않겠니?
여자의 피로한 삶이 다 타고
잿더미에 남자의 액체를 뿌려 주지
고약한 3월의 한낮에는
빛처럼 빠르게 피었다가
천둥처럼 무섭게 사라지는
어느 봄날의 오후에는

너에게 주마!

꽃이 피었다
봄이 피었다
내 마음 몇 뼘인지 피었다

너에게 주마!

수선화

봄이다

청바지를 입고
여자가 왔다

서로에게
술을 치면서

노란 진실을
마구마구 나눠 가졌다

지루한 일상이
폭죽 터지는 일상이 되었다

설원

빛,

모든 것의 반짝거림
모든 것이 단단한 비늘

누구도 기다리지 않는
아무도 기다리지 않아야 하는

설원에

눈이 내리고
미친 듯 바람이 휘몰아치고

고독은 깊어지고

당신의 신은 당신이다

당신의 신은 당신이다
이스라엘의 신도
인도의 신도
물신도
또 그 외의 신도
당신의 신이 아니다

잠 깨는 아침부터
잠드는 저녁까지

당신의 힘으로
당신의 열정으로
당신의 승전과 패전으로
당신의 성실과 영민함으로
당신의 고뇌와 충만함으로

당신의 잠자는 시간까지도

오만함으로 가득 차게
초라한 깃발을 흔들더라도
당차게
당차게

결심이란 참 쉽지 않아

네 마누라하고 나하고 물에 빠지면 누구 먼저 건질래?
어머니하고 나하고 물에 빠지면 누구 먼저 건질 테요?

빨간 노을이 서산으로 넘어갈 때,
두 여인이 물었다.

두 사람 다 구하고 내가 죽을 텨.

(세 사람 다 죽을 것이여.)

(이제 빠다 바른 음식을 먹을 나이도 지났건만
웬 느끼한 질문이여?)

(이 하찮은 물음이 경쟁인가?)

누구는 원형 바퀴 달린 차를 타고 산을 오르고
누구는 세모 바퀴 달린 차를 타고 산을 오른다.

누구는 걸어서 오른다.

산을 오르지 않고 싶은 때가 있었다.

그러나

바닥에선 한없이 허무했다.

갈망이
가슴 터지는 갈망이 바닥을 부정했다.

생선 한 토막이라도 오르는 밥상
을
차리고 싶었다.

어머니와 내자와 내가 물에 빠져 어쩔 수 없이 되기 전에.

봄바람은 어지러이 불어

아파서
아픔의 뿌리까지 아파서
아픔의 뿌리까지 아픈 이를 사랑하자

하루 이틀 그리고 여러 날
봄바람은 어지러이 불어

서러워서
서러움의 실핏줄까지 서러워서
서러움의 실핏줄까지 서러운 사람을 사랑하자

편의점 CU에서

컵라면이 찌그러져 있다
펴야 할까
비록 찌그러진 자국이 남는다 해도?
지금 내겐 자랑스러운 흉장이 없다
조국도 없고
인민도 없다
돈 주고 사지 않아도 되는
별과
하늘과
강물만이
남의 들녘만이...
오, 곤고해라
생의 한 점 한 점
누적된 불만이여,
터뜨리면 야만이라 불리는
결핍이여,
지상에 마지막 남은
빨간 불꽃이여!

낙화비산(落花飛散)

가난은 벗이 없다

그저 혼신의 힘으로
홀로 견디어서...

내 하나의 그대와 잉걸말을 건네는

드디메골 꽃 산천
푸른 하늘재 너머
옹솔옹솔 바람은 모여
쑥개천에 발을 담그면
내 하나의 그대와
가슴으로 잉걸말을 건네는

아-
이 생명의 자리를 누구에게 나눠 주랴

낙화비산(落花飛散) 2-자화상

뚱뚱하고
생긴 것은 그만하고
변태,
도덕적이고
예민하고
무덤덤하고
신중하고
즉흥적이고
거죽에 심취하고
깊이를 천착하고
죽창 같고
사람 좋고

흠…
다병(多病)한 날에
꽃이나 되게 하소서.

빙충맞고
적확하고
부드럽고

신경질적이고

가난하고

될 수 있으면 만족하고

언변에 서툴고

생활을 중시하고

어쩔 때는 여자 하나

어쩔 때는 여자 여럿

IQ 140

EQ 150

흐음...

몽땅 풀어 헤쳐진

심신의 자유로 살게 하소서.

자리

내게 가장 큰 고통은
내 자리가 없는 것
그것이 없어
살아 있음을 기뻐할 수 없다는 것
흔들릴 수도 없다는 것
봄이어도 봄이 아닌 것
환한 빛을
온몸에 투과시킬 수 없는 것

곧,
불안에 이르는
죽음이라는 것

조울증

한 사내의 장쾌한 삶은 이렇다

한 집안의 막내로 태어났으나
집안의 누구도 막내 취급을 하지 않았다

칼을 한 자루 만들었고
아주 잘 써먹었다

칼을 바다에 버리고
의문을 하늘에 물었다

병고의 날들이었다

산이 숨을 쉬었다
일망에 무제로

우주의 제황(帝皇)이 되었다

그때는 진정 외롭기 때문일 겁니다

그대를 만나면 나를 만납니다
외로워서 그대를 만나면 꼭 나를 만납니다
나는 나를 만나지 못해 외로웠나 봅니다

신당(身堂)이
갈퀴 같은 손으로 나를 연신 그러모읍니다
그리고는 나를 눈사람을 만들어
복사꽃 연붉은 사월의 양지 녘에 세워 놓습니다

시간이 흘러서

그대를 만나면
그대를 만날 겁니다
외로워서 그대를 만나면
꼭 그대를 만날 겁니다
그때는 진정, 외롭기 때문일 겁니다

봄비 9

모두 다 내게서 돌아설 때,
너마저 내게서 돌아설 때,

나는 텅 비어 버렸다

나는 비로소 꽃이 먹는 밥이 되었다

내가 가진 모든 것을 잃었을 때,
너마저 잃었을 때,

나는 얻었다

비로소

나는 알코올이 되었다

잎 - 동생에게

단단한 껍질에 싸여
씨앗을 키우고

한껏 부드러워라

피었으니

너의 거친 손보다
뭉클한 것이 어디 있으랴

봄비 10

산도
꼴리면
움직이는 거야

네가 바스러지게 웃고

비가 내리고 있었다

봄비 11

나는 하늘이 어디 있느냐고 물었다

깝깝해서,

너는 말하지

나 바빠요

홍어

거짓말쟁이.

배고픈데,

너 다 먹어.

먹고 싶은데,

어서 먹어.

몇 모금을 파악 삭혀서 하는 말,

먹으랑께.

봄비 12-동생에게

약국에 들러 네 잇몸 약을 산다
너에게 한마디 할 자격이 있지 않을까?
나는 너의 거친 손을 좋아한다
너의 상처 때문에
네 아이들에게 쏟는 네 모정에 함께 눈물도 흘렸다
하지만
이제 네 인생을 꾸려야 하지 않겠는가
왜 죽음은 무서워하면서
네가 네 스스로에게 각박해지는 것은 두려워하지 않는가
아이들을 놔줘라
지금이 적기다
아이들도 자유로워지고
너도 자유로워질 수 있는,
엄마의 마음을 말하지 마라
내리사랑을 말하지 마라
네가
한 인간으로 지상에 왔으니
한 인간으로 살다가
한 인간으로 떠나야 하지 않겠는가
봄이다
내겐 삽질보다 힘든 봄이다
네가 각성의 시간을 겪었으면 좋겠다

너를 사랑하였으므로

너를 사랑하였으므로
너에게 모진 말을 하였다

세상은 완벽하지 못하므로
너는 완벽해야 한다고 말하였다

네가 가겠다고
풀이 죽어 가겠다고 말했을 때

때는 늦었다

사랑하는데
너를 아주 사랑하는데

네가 타고 가는 자동차 꽁무니에
눈을 박고서...

희게 떠는 너를 배웅하면서...

마침표

잊으리라
내 높이에서 깊이까지
스며들던 산천을 잊으리라
까맣게 그을린 너의 생의 넓이까지 잊으리라
사랑했던 자유와 가난과 사유까지 잊으리라

마침내

송이째 지는 동백꽃
붉은 폭동처럼
낯선 이들의 거리에서
빛에서 어둠까지
슬퍼지리라
가쁘게 쓰러지리라

초혼(招婚)

사월에는
사월에 피는 꽃처럼
나도 피자
길가에도 피고
언덕에도 피고
그리운 가슴에도 피자
붉어서 만지고픈 어디 예쁜 숲에도 피자

피어서 몽땅
외로운 이의 잠 못 이루는
눈물의 밤에 지자
배꽃, 수줍은
초혼(招婚)의 밤에 지자

동백

죽도록 외롭다면 그대를 사랑해 보세요

그래도 외롭다면 그대 아닌 사랑을 찾아보세요

비에 젖었거나
시선이 산머리 구름에 가 닿았거나
괜스레 눈시울이 뜨거웁거나

한 발 더 바람에 가까이 다가갔거나
맑은 유리알 같은 그리움을 지녔거나

온몸이
송이 붉은 동백이거나

마침표 2

시인은 시대의 절규

그래서

나는 뭉크가 좋다.

입맛-해원에게

나는 뿌리를 내리고 서 있고
바람이 굵은 허리를 때린다
누군가를 평가 절하하고 있다는 생각에
그럼 정당하게 평가 감정을 해야겠다고
가지에 잎을 피워 흔든다

누군가 가 버리기 전에
찬란한 의미의 한 다발이었다는 것을

누군가 심장 붉은 한마디 언어였다는 것을

내 몸을 흔들어서
닿을 수 있는 자리에
누군가 몹시 흔들리고 있다

열네 번째 아이

무섭다

심장이 빠르게 뛴다

도로에서 고라니가 녹색 눈으로 쳐다본다

낯설다

쿵 산이 무너진다

고립을 택한 나에게 화살을 쏜다

난 그들에게 요구한 것이 없는데

그들은 왜 자꾸만 요구하는지...

불안하다

불편하고 끕끕하다

머리가 큰 사람들이 지나간다

검게 탄 내 머리를 들고...

어떤 사람들은 내 가슴을 가져가고

어떤 사람들은 내 손발을 가져간다

나는 나 없이 집으로 돌아온다

열네 번째 아이가 나다

나무야 나무야

전설의 나무 아래서
우람한 둥치를 끌어안았다

이 소름 끼치는 파괴력!

여름이 뜨겁게 무르익고
나무의 그늘이 드넓었다

군왕의 도

홀로 자유로운 것이 시다
나는 비로소 시에 이르러 자유로워졌다

가로수 연둣빛 싹이
봄볕에 피폭(被爆)하다

담소

1판 1쇄 발행 2023년 5월 3일

저자 정진국

교정 주현강   **편집** 김다인   **마케팅·지원** 이진선

펴낸곳 (주)하움출판사   **펴낸이** 문현광

이메일 haum1000@naver.com   **홈페이지** haum.kr
블로그 blog.naver.com/haum1000   **인스타그램** @haum1007

ISBN 979-11-6440-353-0(03810)

좋은 책을 만들겠습니다.
하움출판사는 독자 여러분의 의견에 항상 귀 기울이고 있습니다.
파본은 구입처에서 교환해 드립니다.